WEN LIAN

花开法源寺

奚耀华 著

中国文联出版社

图书在版编目（CIP）数据

花开法源寺 / 奚耀华著. -- 北京：中国文联出版社，2023.5
ISBN 978-7-5190-5060-3

Ⅰ. ①花… Ⅱ. ①奚… Ⅲ. ①散文集－中国－当代 Ⅳ. ① I267

中国版本图书馆CIP数据核字（2022）第 223197 号

著　　者	奚耀华
责任编辑	陈　晨
责任校对	胡世勋
装帧设计	北京杰瑞腾达科技发展有限公司

出版发行	中国文联出版社有限公司
社　　址	北京市朝阳区农展馆南里10号　　邮编　100125
电　　话	010-85923025（发行部）　010-85923091（总编室）
经　　销	全国新华书店等
印　　刷	三河市龙大印装有限公司

开　　本	787毫米×1092毫米　1/32
印　　张	10.25
字　　数	330千字
版　　次	2023年5月第1版第1次印刷
定　　价	58.00元

版权所有·侵权必究
如有印装质量问题，请与本社发行部联系调换

奚耀华,北京大学(一分校)中文系毕业。中国文联出版社原总编辑、编审。现为自由撰稿人。

上天关闭了一扇门,就必会为你打开一扇窗。

目 录

1　　花开法源寺

11　　广渠门外

21　　胡同三章

34　　四月的追忆

51　　修整历史的老人
　　　　——帕斯捷尔纳克墓地寻访记

66　　在芬兰湾寻找列宾

81　　浮世的京都

94　　公啡咖啡馆：左联的精神驿站

109　　古栈道随想

115　　琴键中的西部记忆

121　　黄河三记

132　关于萨拉热窝的文艺延伸

144　普希金与阿尔巴特街

156　霍乱时期的蜕变
　　　——普希金的"波尔金诺之秋"

166　基辅一家人

176　旅途随笔
　　　——想起了亚斯纳亚·波良纳

184　一壁丹青自醉眸
　　　——秋访京西法海寺

198　故都影像遗珍

207　往事拾零

217　五月槐花香

221　乡愁二题

227　笔记中的先生

254 境在虚实缥缈间

　　——古代诗画意境考

278 人类文明的永恒魅力

　　——俄罗斯艺术博物馆印象

290 刻刀下的黑白世界

　　——苏联冰雪版画浅析

297 风雅钩沉

　　——《乱世薰风——民国书法风度》读后

305 君知否，千里犹回首

　　——《比较北京》序

309 对一座城市文明的解读

315 后　记

花开法源寺

三月十七日，农历二月初一，北京开始下雪。先是淅淅沥沥，后竟纷纷扬扬，迷茫一片了。

今冬北京无雪，持续的干旱让人心生烦躁，这场雪无疑让北京人兴奋不已，于是将烦躁转化为激情，朋友圈中晒雪景的美图便比比皆是。其中有一组拍于法源寺的照片，令我关注，画面有一种禅境中的清幽与凄美，颇具意境，于是留下印象。

当夜雪住。第二天早新闻报道，台湾作家李敖去世，享年八十四岁。惊愕之余，不禁让我想起昨天落雪的法源寺，冥冥中似有神明在昭示着……

李敖之于北京本无太多纠葛，履历中也不过几年的童年生涯而已。但他的代表作《北京法源寺》，却注定了他与北京、与那座千年古寺的不解之缘，用李敖切入法源寺，便也自然而然了。

《北京法源寺》是李敖于1991年完成的一部长篇历史小说，它以北京宣南法源寺为背景，描写了戊戌变法到辛亥革命间，康有为、梁启超、谭嗣同、大刀王五等一批仁人志士，为变法维新而展开活动的故事。实事求是地讲，小说尚好，但也并非十分精彩，只是将那场历史烟云与古寺糅在一起，名称响亮，把一个法源寺无遮拦地掼在读者眼前，因此人们常以为，法源寺是因这部小说而名声大振。

其实不然。

据《旧唐书》《元一统志》和《资治通鉴》等文献记载，法源寺创建于唐贞观十九年，初名"悯忠寺"，距今已有一千三百多年历史。贞观十八年，唐太宗李世民远征辽东高丽，曾在今法源寺之地誓师，但战事不利，唐军在安市城战役中失败，逾十万将士战死，太宗悻然退兵。在当时誓师出征之地，李世民百感交集，他

"深悯忠义之士殁于戎事",遂下诏"卜斯地建寺为之荐福"。意在超度亡灵,铭记忠义。寺庙于武则天通天元年建成,赐名"悯忠寺"。到清雍正十二年,清廷崇律戒,悯忠寺即被定为律宗寺庙,并正式更名为"法源寺"。寺内所藏唐景福元年《重藏舍利记》有"大燕城内地东南隅,有悯忠寺,门临康衢"的记载,侯仁之先生在《北平历史地理》中说:"今天的法源寺正是在悯忠寺原址上修建的,此寺也成为确定蓟城或出州旧址的重要证明。"因此,民间就有了"先有法源寺,后有北京城"的说法。在中国历史上,诸多事件与法源寺交合,进一步奠定了其历史名刹的地位,早在李敖写书之前,便已名声显赫,并不需他人补佐。倒是李敖以此寺冠以书名,提升了作品的知名度,使人留下深刻印象。

1980年五月,北京曾迎来了一件不大不小、扰动京城的事。日本国宝鉴真大师像进京展览,地点就在法源寺,七天中引来北京十几万信徒、民众的瞻仰。我当时也与大学同学挤在人流中鱼贯而入,浑浑噩噩地进,懵懵懂懂地出,汗流浃背的代价只记住两个名字,一是鉴真和尚，另一就是法源寺。这便是我有关法源寺最初的记忆，至于静下心来细细去品味、认识法源寺，那是后来了。

法源寺初因"悲悯"而建，也以"悲壮"闻名。其"悲"可追溯至南宋绍兴二十六年，靖康之耻后，金海陵王完颜亮把被俘的宋钦宗赵桓及后妃宫人，从五国城押解中都，此时宋徽宗赵佶已死，辽国亦亡。完颜亮把宋钦宗和辽国天祚帝耶律延禧等人一起囚禁在大悯忠寺中。昔日辽帝迎纳宋使臣的要地，如今成为押解辽宋两废帝的牢狱，两番情景互鉴，不可谓不"悲"。而其"壮"则可忆南宋抗元名将谢枋得，其被俘后被元军押至大都悯忠寺囚禁。适时，元世祖忽必烈求贤若渴，迫其出仕，谢枋得坚辞不受，英勇不屈，其偶见寺中的曹娥碑，不由仰天长叹："小女子犹尔，吾岂不汝若哉？"于是绝食五日而死。绝命诗曰："万古纲常担上肩，脊梁铁硬对皇天。人生芳秽有千载，世上荣枯无百年。"此傲然风骨不可谓不"壮"。"悯忠"的命名，似乎已为寺庙奠定了悲悼的基调，使人常生出一种慷慨悲凉的唏嘘感叹。

然而，自清雍正帝更名为"法源寺"之后，寺庙风格或已渐渐发生了微妙的改变。乾隆四十三年，法源寺奉诏再次整修，竣工后乾隆帝亲自御书"法海真源"匾额，意在宣扬"诸恶莫作、众善奉行"的律宗教义，使法源寺固守住佛家的本源。所谓"法海真源"即指一切戒律、刑规均是"流"，内在存诚才是"源"，从宗教本身的意义来讲，法是通指佛教教义在内的一切事物，弘扬佛教，追本溯源，就要先抓住律学，从而确立了法源寺作为佛教律宗寺庙的重要地位。如今乾隆御笔匾额仍悬挂在寺内的大雄宝殿上，成为法源寺法教的宗旨纲领。

法源寺风格的嬗变，是在清明前后的熏风中轻轻拂来的。四月的北京，春光旖旎。初春的那场雪，已然暴引了北京的万树千花，北京迎来了最迷人的季节。而具有"繁花之寺"的法源寺也迎来了它最为光鲜的时刻。于阳春中与法源寺的禅花做一次季节性约会，是我的一个渴望。

踏进法源寺的第一道山门，我便努力虔诚向佛，培养禅心，以期出来时，有一种境界上的提升。然而扑鼻而来的丁香花浓郁的香气，扰乱了心性，令人心猿意马，真乃一树香魂蝶自迷。面对这花千树的庭院，如何守得住"一花一世界，一叶一菩提"的意境？北京曾有"悯忠寺的丁香、崇效寺的牡丹、极乐寺的海棠、天宁寺的芍药"之说，法源寺所以被称为"繁花之寺"，皆因前庭后院多种植了丁香，尤以大雄宝殿与悯忠阁之间最为茂盛。法源寺的丁香始种于明代，除了紫丁香和白丁香之外，还有南洋马鲁古所产的洋丁香，白如雪、紫如霞，层层叠叠，如堆雪积翠，幽香弥散，原本肃穆的古刹，被这繁花一闹，竟也生出了万种风情。于是，法源寺"悲悯"之外的浪漫与诗性，便慢慢于馨香中浸透出来，你可在此与梵花默语，从而引发富有禅意的心性观照和人生感悟。

法源寺自清康乾之后，就开始以花事名满京都。每到游春时节，僧人便备好素斋，摆好茶具，以迎宾朋。城内文人雅客乘兴而来，赏花吟诗，留下了许多美好的诗篇。如"红蕊珠攒晓露团，朱霞白雪簇雕鞍""杰阁丁香四照中，绿荫千丈拥琳宫"等，都是描写法源寺内丁香盛开的景致。这一佳话，不亚于当年兰亭之上的曲水流觞，都是集诗书、集风雅的去处。这种习俗，还催生了之后一年一度的法源寺丁香诗会，清代大儒纪晓岚、龚自珍、林则徐等，都在法源寺留下过诗句，使古寺日渐具有了一种翰墨儒雅的气质。

丁香在北京并不是稀罕之物，然而在法源寺品读丁香，却别有一番意蕴。它没有刻意隐遁，也不会蓄意招引，你来或不来，它都兀自绽放，率性而洒脱。在古诗文中，丁香常被称为"百结之花"，佛家也常用丁香结来暗喻自己的心结。"青青翠竹，总是法身；郁郁黄花，无非般若。"小小的丁香不仅是悦目之物，在有心人眼中，还是与佛祖神交的媒介，你若有缘，古寺里的丁香便饱含禅思哲理，与佛所宣扬的师尊法教暗暗相合，这既是缘分，也是一种通常意义上的解读。而法源寺的丁香所暗合的，并不止佛法，还有人心。

1924年4月下旬的一天，印度大诗人泰戈尔在梁思成、林徽因、徐志摩等的陪同下,到法源寺欣赏丁香,品花谈诗之余,泰戈尔、林徽因、徐志摩还留有一张十分珍贵的合影。国内不论是有关林徽因还是徐志摩的书籍,常会配有这张照片,人称"岁寒三友",并演绎出林徽因清馨淡雅若"梅",泰戈尔沧桑坚忍似"松",而徐志摩清癯飘逸如"竹"的溢美之词。据说当天丁香怒放,景色宜人,泰戈尔流连忘返,不愿离去,于是徐志摩便陪他留下,以领略夜幕下的法源寺、丁香花。是夜,泰戈尔似有所悟,便即兴吟唱一首,其中有这样的诗句:

那么多的花朵,
那样的光芒、芳香和歌曲,
可是爱又在哪里?
你躲在你那美的富裕里纵声大笑,
而我则独自哀哀哭泣。
…………

吟者无意，不想却触动了旁边那个人的心弦。此时的徐志摩正热恋着林徽因，其情可鉴。而林徽因则犹抱琵琶半遮面，似雾里看花，令徐志摩的情感茫茫然无所依托。想必这诗必然影响了徐的心绪，从而撩拨起诗兴，此夜或难以入眠了——这令人魂乱情殇的人间四月天。法源寺竟与一段现代浪漫爱情有缘，也是古刹千年修得的造化了。

赏花拜佛，以洗心尘，其情景自然妙不可言，然而法源寺毕竟是一处寻古之地，各类文物不胜枚举，而最值得看的，便是悯忠台。法源寺其他建筑格局，与别的寺院并无二致，唯有这悯忠台续着前身的香火，是其独有。它位于大雄宝殿之后，是一座念佛台，台基高一米多，殿堂的外墙以12柱为架，表示一年十二个月，室内再以12柱支撑，表示一昼夜十二个时辰，合并寓意为时光流转、佛法永存，构思十分别致。悯忠台里保存着法源寺的历代石刻、经幢等，以唐代《无垢净光宝塔颂》《悯忠寺藏舍利记》《承进等为荐福禅师造陀罗尼经幢》及近代的《燕京大悯忠寺观音菩萨地宫舍利函记》等最为珍贵。此又显出法源寺文物经藏富盈的豪门价值。

  天色渐晚,徜徉于花影婆娑的法源寺,伴着钟磬佛音,香火中善男信女的虔诚依旧,静谧安适,而历史中的法源寺也曾悲悯惆怅,壮怀激烈。不同的氛围你更契合于哪一个,只有听凭心灵的选择。律宗本重治心,或许这就是一种时序轮回,于周而复始中支配着你的喜怒哀乐、宿命人生,那就让我沉浸于当下,享受拈花微笑中祥和朴智的法源禅寺,等一等灵魂吧。

广渠门外

不知不觉在广渠门外已居住了十年。时序迁流,岁月不惊。

只是有晚霞的黄昏,我会在十八层居室的窗口,向西眺望,看落日在高楼的缝隙间慢慢滑落,这时我便常常用想象将高楼抹去,平地幻化出一座城楼,那落日便挂在了城檐的一角,引出许多古都旧事。

最早知道广渠门,是在中学读过的长篇小说《李自成》中。记得第一卷开篇,清军大兵迫近,朝阳门外战事吃紧。晚间,崇祯皇帝在文华殿昏暗的烛光下,心神不定地等待城外的战况通报,盼望兵部尚书卢象升进京勤王。帷帐深处静态、沉闷的气氛,反衬出外部局势的险峻和人物内心的焦虑，给人以山雨欲来的预感。卢象升星夜赶回，在左顺门向皇上叩辞出征，颇有悲壮决绝之气魄。此时接报，清军已大部向广渠门、东便门一带集结移动，行动诡秘……

广渠门就这样第一次进入了我地理记忆的坐标。

据考，当年广渠城门的位置并不在今天的立交桥处，而是向南推迤约百余米，估算一下，大致为我家窗口正对的方向，是北京外城七座城门中一座东侧城门，与西侧的广安门遥相呼应。

广渠门始建于明朝的嘉靖三十二年。回溯北京城的历史，其地理位置曾有过数次微小的漂移，辽南京城和金中都偏于西南，元大都则偏北，如此，广渠门地区在当时都在城廓的东南郊外，明清时期虽修外城将其纳入，但也属城东南的偏僻之地，故有"沙窝"之俗称。而广渠门名称的由来有两种解释：一是根据"广"的释义，推测"广渠"的意思应是宽阔的大渠，寓意着"通畅顺达"；二是"广"和"渠"都是大的意思，两词会意，标志着广渠门是当时北京城规模较大的一座。

北京的城门内九外七，外七的建制低于内九。广渠门高15.7米，宽19.5米，廊面阔五间，单檐歇山顶，箭楼正面及两侧各辟箭窗二层。这种规模在外七中也不及永定门和广安门，而单檐山顶比之双檐在形制上又低了一等，可见第二种说法并不准确，还是"通畅顺达"的吉祥寓意较为贴切。

广渠门虽然不算高大，但由于其位于外城一片相对荒凉的开阔地，所以看上去比实际的规模雄伟些，犹如从平地巍然耸立，睥睨着毗邻的城墙。如今广渠门城楼早已不复存在——1930年日伪时期将箭楼拆除，1953年为使道路畅通，又拆除了城楼和瓮城。然而广渠门经历的历史烟云，却依旧在岁月的长河中波涛翻滚，提醒我们不要忘记它曾经的罹难和沉浮。于是，我们再回到文章的前面，回到有关清军围城的历史话题。

清军向广渠门一带移动，现在看来是一个危险的征兆——时间上推至崇祯二年，在宁远、宁锦战役失利的皇太极率十万清军绕道古北口迂回北京,次年一月兵临城下,大明朝危在旦夕。督师袁崇焕闻讯急率九千关宁铁骑星夜兼程回京救驾,于广渠门外与清军展开了一场兵力悬殊的血战。战场拉锯范围有十余里之广,从清晨一直打到傍晚,袁崇焕身先士卒,多处负伤。在明军的顽强抗击下,清军终于不支,败退十五里。袁崇焕率军一直追杀到运河边上,清军劲旅阿巴泰、阿济格、思格尔三部被击溃。皇太极被迫移师南海子,以获喘息。此时他醒悟到,袁崇焕是其入主中原的最大障碍,于是策划朝内阉党设反间计加以陷害。昏庸的崇祯皇帝果然中计,于崇祯三年将袁崇焕凌迟处死,其情景为"争唊其肉,皮骨已尽",惨烈至极,铸成中国历史上的千古奇冤。

然而,时间下迄至光绪二十四年,地点依然是广渠门外。此时八国联军已占领了天津、通州,之后直逼北京,在朝阳门久攻不下的情况下,便移兵至守备薄弱的广渠门。具有讽刺意味的是,此时清军已从进攻者转换为防守者,而大清朝已是国力衰败,风雨飘摇。由于兵力不足，朝廷只能把年岁已高的旗兵编入守城队伍，这些人平日养尊处优，大敌当前已是力不从心，有的还有吸毒嗜好，守城时除带火枪外，另配烟枪，这样的军队与当年威风八面的八旗铁骑已不可同日而语，结果自然可想而知。很快联军从城门的下水道攻入，城池告破，慈禧携光绪帝仓皇西逃，揭开了庚子之变的帷幕。

历史有时就是这样的巧合，270年间在广渠门的两次战事，见证了大清朝由盛而衰的全过程。一座城门一道河，原本是中国人防卫意识中坚不可摧的精神屏障，既庇护着统治者，也庇护着他的子民。然而，当一个王朝气数已尽时，任何坚固的城池，都无法挽救其灭亡的命运，就如沉凝欲堕的夕阳，终将落入地平面下，唱响一个朝代终结的挽歌。大明朝如此，大清朝亦如此。广渠门作为见证者也许是一种偶然，但在历史的必然进程中，偶然也可成为必然的契机和推手，因而互为一种无法割舍的宿命关系。而经历了战火兵燹之后的广渠门已是弹痕累累，百孔千疮，难掩衰败颓势。所谓"通畅顺达"也成为其命运多舛的一种讽刺。

今天的广渠门外大街，因北京城的剧烈膨胀，已收缩为城市的中心地带，时尚与繁华已将古战场的痕迹完全覆盖，当年的金戈铁马、战火硝烟已湮灭在两旁林立的钢筋水泥中，只留下"马圈""沙窝"等与周围景观极不相称的地名，注解着曾经乡土的广渠门外。行走间，或有哪一脚踩到岁月的神经，一种隔世的画面便会逆向而来，令你情不自禁而又百感交集，但那已是风土民生的别样光景了。

其实，没有战事的广渠门外还是平静、祥和的。老北京是一座贵族精神和贫民意识交融并存的城市，而广渠门无疑是属于贫民化的。它本是北京城的另一个水门，运载民用水的水车，就从这里出入，相对专走"御水"的西直门，平添了一份低调、亲民的色彩。据《顺天府志》记载，当年广渠门外由于水源丰沛，池塘、运河两边芦苇蔽岸，垂柳梳风，景色居然颇为旖旎，现有地名"垂杨柳"就是最好的佐证。直到上个世纪中叶，这里还有成片成片的麦田，虽无长亭古道，但斜阳衰草间也是一派郊野风光。现在的广渠门外大街,还有以"马圈"命名的车站,它得名于早年间的儒王坟,每到清明时节,睿亲王府的人来扫墓踏青,这里便是存放车轿、拴系骡马的地方。

随着年龄的增长,越发喜欢带着光阴的东西,它就像一部久翻不厌的线装书,纸落云烟,散发着沉香悠远的味道。从仅存不多的老照片看,广渠城门宽大开阔,略呈尖拱状,东出城关,是一条砖砌的护城河,上卧一座古老石桥,承接着来往的行客。瑞典学者奥斯伍尔德·喜仁龙在其所著《北京的城墙和城门》一书中,对广渠门外的邂逅有着这样一段描述:"有一天我去参观这座偏僻的城门时,碰巧遇到一支婚礼行列经城门而过,一长列参加婚礼的人,跟随在五彩缤纷的花轿后面,用抬杆和长扁担载着各种礼品。队伍一过城门,就无法保持平稳的步伐,不得不时常跳过路面上的坑石,并放慢速度,以适应这段坑坑洼洼的土路。"其祥和的民风和糟糕的路况可见一斑。

在民间的记忆中,广渠门的瓮城也很有特点。一般说来瓮城作为战备要地，里面不能有店面和居民，而广渠门的瓮城两侧却各有四五家店铺，形成一条小型商道，有药铺、山货店、小吃店等，每到打烊，城门关闭，这个地方很是幽静。或有炊烟于城垣袅袅升起，那不是楼台的烽火，而是一片安居乐业的闲云，温润着北京边城的冷寂之夜。而广渠门外的关厢地带，曾是一个粮食集市，东南乡的农民把粮食拿到这里交易，逢集的日子人来车往，甚为热闹。所谓"关厢"，是指城门外小商小贩和无业游民聚集居住的土街，环境杂乱，虽上不得台面，却有着鲜活的乡土和草根气息，成为老北京区域民俗的一种另类景观。据说广渠门外的马圈，就是北京的最后一个关厢。

随着岁月的流逝，故都的旧貌已然渐行渐远。如今广渠门外的护城河还在，一如既往围绕京城孤独地流淌着，作为它天设地造的原配——城门，却如秋水伊人掩面而去，隐到了时间的后面。想来当年北京的哪一座城门，没有自己生动的故事和悠远的传说？然而今天除正阳门、德胜门和永定门（复建）在勉强支撑着古城的表情，顾影自怜外，其他的城门已沉在历史的烟霭中，沦为明日黄花。我们还有多少本钱，去对北京的历史进行温暖、深切的回望？诗人北岛曾著书《城门开》，站在时光之外，那城门便是抽象的，只开在他心灵回归的路上。"写作正是唤醒记忆的过程——在记忆的迷宫，一条通道引导另一条通道，一扇门开向另一扇门。"（北岛语）这是一个多么惬意的穿越状态。而现存的北京城门是不开的，它已从实用功能转化为文化遗产，只能从一旁观望、欣赏，这就失去了要过城门的期待和穿过城门的快感。当年，奥斯伍尔德·喜仁龙站在古城墙上，面对美丽的北京城，有过这样的感慨："掩映在万绿丛中、黄色屋顶闪闪发光的故宫和庙宇，覆盖蓝色和绿色琉璃瓦的华美宅邸，带有前廊的朱红色房屋，半掩于百年古树下的灰色矮小平房，横跨有绮丽牌楼的商业繁庶的大街……城内种种景象，无不尽收眼底。唯有洋式或半洋式的新建筑，才敢高耸于这些古墙之上，像一个傲慢的不速之客,破坏了整幅画面的和谐,而这些建筑的数量正在迅速增加着。北京的雄奇壮丽和图画般的美究竟还能维持多少年?"

这种情景北京一直或缓或急地演绎着,算算不过百年而已……

胡同三章

原本无心插柳，却连续办了两次画展，出版了一本图书，主题竟都和北京的胡同有关。

因为有胡同情结，常流连于里巷之间，拍了不少旧胡同的照片。每当我拿着相机，从依旧保留着一些乡土气息的胡同中走出来，一种恍若隔世的感觉便油然而生。离开胡同生活二十多年了，现实生活的局促和忙乱，让我一度无暇顾及身边世事景观的变迁，不知不觉中，北京已是熟悉与陌生的混合体。

北京的城市改造急速迅猛，尤其是城南，不断有大片老旧的胡同被拆掉或翻建。经不住怀旧情绪和一种莫名的紧迫感驱使，我一次次走进已搬迁得差不多、显得冷清了的胡同，往日的喧闹已经不再，铅华洗尽，反倒使胡同显出自身的本真和沉静。这是被几代人气浸淫过的，因而带有生命的气息和精神的密码——深凹的门槛，是年轮的最好写照，祖祖辈辈的磨砺，最终完成了一条条岁月的曲线，落日的余晖掠过门楼的一角，使其显示出些许苍凉和淡定，而斑驳的老墙依旧包含着世事的沧桑以及六朝古都尚未带走的点点风仪……

走在这经纬交错的古老格局中，寂寞的旧景唤回了某种久违的亲切，一种已经远去了的生活渐渐显影，于记忆中变得清晰起来。

我最初的胡同——礼士胡同

之所以要说礼士胡同，原因只有一个：我是在礼士胡同长大的。

北京的胡同宽窄格局不一，宽的可似小街，窄的形同夹道。礼士胡同则虽宽但尚未达到街的程度，不过也已在六步以上，而其笔直通透，在胡同中已是有一些气魄的了。

礼士胡同位于北京的东城，东口通朝内南小街，西口接东四南大街，旧称驴市胡同，望文生义，便知此地曾为牲畜市场。清宣统年间市场废除，以其谐音改称为礼士胡同，取"礼贤下士"之意，从而完成了从下里巴人向阳春白雪的蜕变。据《燕都丛考》记载，胡同里曾有三处颇为显赫之地，一是明昭宁寺，前称报恩寺，大学士李贤曾撰有碑文。现寺与碑已无迹可寻。另两处则依然保留着，一是胡同中段的清大学士敬信旧居，民国时还曾作为蒙藏院，因格局面积开阔，后改为礼士胡同小学。说也奇怪，我虽居住在礼士胡同，按当时划片上学的规制，我竟没有被分配在礼士胡同小学就读，因而也就失去了一睹乾坤的机会。平日路过，放眼看过去时，也只是平房大院，并无特别显赫。

礼士胡同最引人瞩目的，要属129号院，此院第一任院主为清末武昌知府宾俊，民国时被大奸商李彦青购得，后李在曹锟政府时期被镇压，此宅又转手天津盐商李善人之子李颂臣，经重新设计改造，使整个建筑风格典雅、雄阔华贵，尤其是金柱大门和两边的刻花石壁富丽堂皇，精美绝伦，十分气派，以至我每次走过，都会心生一种隐隐的敬畏。相比之下，毗邻的敬信旧居便明显地落了下风。129号院建国后曾为印尼驻华使馆，后又改为文化部电影局，为北京重点文物保护地，始终延续着它的尊贵之气。

其实，礼士胡同除了上述显赫之外，还有一个重要去处，就是位于中段43号（也有说是70号）清乾隆年间宰相刘墉刘罗锅的故居，虽然现在已成为普通居民的住所，但从外观上看，还是保留着当年的不凡气势，特别是胡同中为数不多的广亮大门和两边的汉白玉上马石，是故居最有说服力的证明。据说故居临街的南墙上曾有一块横石，上刻"刘石庵先生故居"，"石庵"就是刘墉的号，现横石也已不存。

胡同的这些不凡身世，今天看来已然十分了得，但对这里居民来说，这一切似乎无从知晓也并不重要。对他们而言，这里只是赖以生存、岁月不惊的起居之地。生煤炉、贮白菜，小平房四白落地，木板凳坐井听蝉，求得一种安逸和踏实；而对孩子来说，小小的胡同总是承载着他们太多的童年欢乐，以及为人之初的无猜与默契，恰如心有灵犀。记得那时，胡同里的每一处空地或旮旯儿，多成为不同游戏的特定场所，弹弹球、拍三角、推铁环、粘知了……种种玩法随季节更迭一幕幕上演着，总能消遣为一段段轻松惬意的时光。而寒来暑往，院落里也常常会飘出女孩子跳皮筋的伴歌声，忽高忽低，悠悠扬扬：

麦浪滚滚闪金光，田间一片好风光，丰收的喜讯到处传，社员心里都欢畅……

这是当时最流行的胡同小夜曲，烘托出时代的气氛，又装饰了我们的生活，真可谓——岁月如歌。

胡同的本质，就在于孕育了底层百姓的人情冷暖和远亲不如近邻的市井文化，在朴素融洽中，透露出一种舍我其谁的担当气质。当然，胡同的意义和价值，作为当时的孩子，是无论如何也无法领会的，当时光将往事拖延成旖旎的影子，留下的，便只是对美好的怀念和留恋。胡同中的微风细雨、暖日斜阳,一路呵护我们长大成人,那是乡土的北京,甚至只在不经意间,你便可在胡同的西面,望见青黛色的西山,影影绰绰、刻骨铭心,犹如从心头掠过的阵阵鸽哨,虽几经岁月的变迁而终挥之不去。

北京最初命名的胡同——砖塔胡同

我生命中最初的胡同是礼士胡同,那北京最初的胡同又是哪儿呢?凡事追根溯源,这也许是中国人业已形成的思维定式,但也确是文化训诂所不可或缺的。

关于北京胡同的起源,许多专家学者早有论述,一般共识为,北京胡同的形态上溯至辽金时期就已经出现,今天宣武区三庙街一带尚有个别遗存;而"胡同"一词的出现则起于元代,作为中国北方的城市建筑布局,也是成熟于元代。其时正值中国杂剧创作的繁荣鼎盛时期。元人李好古曾写杂剧《张生煮海》,取材中国古代神话传说,讲述了张生与龙女的恋爱故事。其中有台词曰:"你去兀那羊市角头砖塔儿胡同总铺门前来寻我。"这是文献中唯一流传下来的元代胡同之称，因此砖塔胡同也就成为北京最早命名的胡同遗存，若无新史料的发现，这一结论恐不会更改。

砖塔胡同的名称源于其东口的万松老人塔，此塔如今仍在，位于今西四路口的西南。塔建于元初，已有七百多年的历史。塔主人为万松行秀，俗姓蔡，为金元之际的高僧，广宁王耶律楚材之师，曾给金元统治者耶律楚材和成吉思汗留下了"以儒治国、以佛治心"的八字箴言，助其入主中原。其圆寂后即葬于此。又曾因筑"万松轩"自居，而被世称万松老人。古塔为青砖结构，原为七层，清乾隆年间加高为九层，为万松老人的骨殖塔。建塔时此地尚为郊野，满目疮痍，元大都围城之后，胡同便依塔而建，并以塔命名，因此，塔比胡同的历史更为久远。

1923年，鲁迅曾迁居到砖塔胡同61号居住，虽时间不长，却在此写下了《祝福》《在酒楼上》等作品。身居北方胡同，真不知他是如何拿捏出江南水乡那一番风土情韵。

现在的砖塔胡同虽还在，不过已被各种新建筑肢解得破碎了许多，但大致的走向依然可循。万松老人塔则保存完好，现址为正阳书局所在。一进大院古塔矗立中央，前有门楼，西向对着西四南大街，为上世纪20年代叶恭绰修缮时开辟。左右两排厢房为书店铺面，经营的图书大多为北京文化典籍类。店内陈设古色古香，雅致闲适。院落中植有石榴树，设茶座，西侧置有胡同中移来的老门一扇，上刻对联一副：无事可静坐，闲情且读书。步入院内便觉清雅之风迎面而来，骨头似已浸在书香中了。这里的确是闹中取静、放空心情、品味北京的理想去处。

我曾慕名而来，浏览之后留拙作《疏影留痕》一本，并没有什么目的，只是想为北京这一文化地标添土一抔而已。

留住北京人心中的胡同——南锣鼓巷

渐渐地，胡同的照片拍得多了起来，日常办公闲暇之时，便打开电脑，用办公用的中性笔和便签纸随意描绘，后渐入佳境，一画竟有了百余幅。

　　春节后，在朋友们的策划操办下，我的胡同主题画展，在南锣鼓巷福祥胡同的敬人纸语如期举办。人们说这地方选得好，北京胡同代表性区域加上相同主题的画展，叠加效应不言而喻，因此也的确赢得了一些观众。有观者留言，画展带给他们"最美好的童年回忆，这才是真实的北京，梦中的胡同！"看了这话自然很贴心，但却也提出了一个问题，身处北京胡同的典型地段，难道仍要通过画展才能体会真实的胡同、真实的北京么？想来只有一种解释，今天北京的胡同在形态功能上，已和旧时的印象大不相同了。如果把北京城看作是一个有生命的机体，胡同就是促进其血液循环的毛细血管，这种毛细血管不仅承载着几朝人口的饮食起居，也为我们积淀下了历史沿革的脉络与印痕。梳理脉络、捕捉印痕，就成为老北京怀旧的一个触角，一旦抓住便心生悸动，浮想联翩，仿佛看到了一块久违了的生命绿洲。

　　就拿锣鼓巷来说，此地处元大都的中心位置，当时分为东西两个坊，东部称昭回坊，西部称靖恭坊，两坊之间的南北通道就是今天的南锣鼓巷。其两边分列的胡同基本是元大都时代的遗存，院落规整，坊制结构清晰，福祥胡同即为其中之一。南锣鼓巷属东贵西富的交汇之地，与皇城也只一街之隔，人文精华比比皆是，单就名人遗踪而言，就有南锣鼓巷59号的明末名臣洪承畴家祠，炒豆胡同77号的清末僧格林沁王府，帽儿胡同35、37号的末代皇后婉容故居，11号的北洋时期大总统冯国璋宅邸，东不压桥胡同20号的清末民初铁路专家詹天佑府邸，雨儿胡同13号的现代大画家齐白石旧居等等这些，而每一处遗踪都隐藏着主人的不凡身世和传奇故事，遍访一遭，半部北京近代史已涵盖其中了。这一切无不彰显着南锣鼓巷雄厚的文化底蕴，加之旧时坊制格局大体保持，于是多年前就有专家学者认为，南锣鼓巷地区的旧形态破坏不大，恢复原貌不难做到，只要加以治理，便有条件申报世界文化遗产。这是一个多么令人期待的预见。

然而多年过去了，南锣鼓巷现在的面貌不用多述，凡去过的人便一目了然。这里的确热闹了许多，但走在这样一条店铺林立、人流熙攘的商业街上，真正的北京人总有一种若有所失之感。变异了的外观不再给人居家过日的亲切和从容，也破坏了不多设店的坊制遗风，时尚的装饰抹平了斑驳的墙体，也掩盖了年代的烙印，虽非迥异但却隔膜，往事似乎已经被遗落在了小巷深处，难以寻找了。

由于决策环节文化感的缺失，全国的地标性景观有明显的趋同倾向，哪些才是特有的地域元素，只有纯粹的地方人才能加以识别。也许，正因为如此，才有了画展留言簿上那番令人深思的感慨吧。

社会要发展，民生也要改善，这或许是人类文明的必然进程，无法阻挡。我们所以说北京犹如一个有机体，是指它也具备某些生物性特征。孕育与流变如太极般在矛盾中互为转化，更迭演进。因此怀旧和崇新都是可以享受的一种情绪，它由你的人生态度和性格特征而决定，但可以肯定的是，拥有往事的人，总可以在这块灵魂的旷野上收获一份额外的馈赠。想到此心情似乎有所释然。日本作家村上春树曾说："不必太纠结于当下，也不必太忧虑未来，当你经历过一些事情的时候，眼前的风景已经和从前不一样了。"这可以看作是一种对心智的点拨，不必太多"无可奈何花落去"的惆怅，那花依然开在你的心底，且被记忆培育得一片灿烂，与你的人生相伴相随。

这不正是我们心中永恒的胡同、永恒的北京吗？

作者绘胡同小景

四月的追忆

2019年4月,在北京《自然·社会·人》摄影展览举办40周年的日子,由闻丹青策划的《两个四月——四月影会40年纪念展》在北京798艺术区的"映画廊"举办。我是通过手机导航才找到展址的。闻丹青恰好不在,展厅的入口处被装饰板设计成中山公园兰花室大门的模样。1979年4月,第一届《自然·社会·人》摄影展览就是在中山公园兰花室举办,引起了轰动。后移至北海公园画舫斋和中国美术馆,前后共举办了三届。那时我正在上大学,和同学一起,每期不差地都看过。

可以看出策划者用了心思,力图还原展览原来的氛围,但时空的迥异和语境的不合,使这种努力看上去颇为勉强。这类纪念性展览当然是在原展地举办最好，但在今天已不可能，原因自然是多重的，选择798，我感到了主办者的一种无奈。

除了当年参展的照片外，展览还加上了一些背景介绍，稍稍弱化了时过境迁的隔世感。坦率讲，这些作品如用今天数码技术和艺术的眼光去看，不免显得粗糙、平常，对于不熟悉那个岁月及没有实践过胶片摄影的人来说，难以留下深刻印象，眼下冷清的展厅或许就说明了这一点。但如果把它回溯至那个年代的情境中加以考量，那就是一缕率先起舞的春风，吹进了我们内心贫瘠而荒芜的角落，所引起的心灵波澜是以往人生体验和审美经验中从未有过的。

上个世纪80年代初期，当以文学为主导的主流文艺，正以伤痕文学的形式进行命运和人性的反思时，一股来自民间的文化力量，则开始了以艺术直面人的精神世界和心灵追求的尝试，最终形成了一场力度强劲的文化实验运动。在这个过程中，最具有代表性的就是《今天》杂志、《星星画展》和影展《自然·社会·人》。

1979年4月,在王志平、李晓斌等摄影人的带动下,自发组织成立了"四月影会",这是中国大陆自1949年以来,第一个完全由民间人士组成的非官方摄影组织。《自然·社会·人》影展的举办,颠覆了长久以来摄影的政治宣传身份,宣示了摄影和社会生活与民众感情的真正关联。展览的标题是借鉴了苏联作家爱伦堡回忆录《人·岁月·生活》名称的文字构成和意蕴,在当时颇具新意。王志平在影展的《前言》中说:"新闻图片不能代替摄影艺术。内容不等于形式……摄影艺术的美,存在于自然的韵律之中,存在于社会的真实之中,存在于人的情趣之中。而往往并不存在于'重大题材'或'长官意识'里。"这种核心创意,完全放弃了政治挂帅的框架,自觉或不自觉地与已在民间流行的文学刊物《今天》,形成了某种价值观和文艺视角上的互补和呼应,并与稍后出现的"星星画会"一起,构成了一种叠加效应,合力搅动着当时的中国文坛。

1978年的年末,在北京亮马河附近的一处小院里,北岛、芒克、黄锐靠着一台借来的油印机,彻夜不眠地干了三天三夜，印出了第一期《今天》。名称是芒克提出的，他认为唯有"今天"能够说明他们所办的刊物和作品的当代性，以及这些作品的新鲜和永不过时。最初的《今天》是以地下小报的形式传抄于北京的各大高校，后改为刊物。当时我们班上有同学专门与《今天》杂志联系，在同学中征订发售。那时我们正如饥似渴地吸吮着中国语言文化的营养，自觉并不轻松。然而在密集的课程之外，总保持着一份对《今天》的热情，它像启迪我们心智的另一扇窗口，每读完一期，就盼着下一期的到来。我至今仍保留有几期已经泛黄了的杂志，现在看来，应该具有文物性了。

虽然《今天》从没有正式出版过，但其在文学界的震动和影响却是不言而喻的，它与主流文学期刊形成了理念与风格上的鲜明对比，构成了中国文学谱系中的另一种色彩。刊物虽然设有小说、散文、评论和译文等栏目，然而最引人注目的无疑是诗歌。北岛的《回答》、舒婷的《致橡树》和芒克的《天空》等，都发在《今天》第一期上，朦胧诗开始从地下登上台面，尽管还是非官方的。在第一期的《致读者》中，编者借用了马克思的话："每一滴露水在太阳的照耀下都闪耀着无穷无尽的色彩，但是精神的太阳，无论它照耀着多少个体，无论它照耀着什么事物，却只准产生一种色彩，就是官方的色彩！精神的最主要的表现形式是乐观、光明，但你们却要使阴暗成为精神的唯一合法的表现形式，精神只准披着黑色的衣服，可是自然界却没有一支（枝）黑色的花朵。"这就是他们的立场和初衷，虽然依旧穿着一件体制习惯的外衣，观其核心即是最大限度地唤醒文学的自我意识，给个性以生机。"在血泊中升起黎明的今天，我们需要的是五彩缤纷的花朵，需要的是真正属于大自然的花朵，需要的是开在人们内心深处的花朵。"这被视为"五四"自由精神在历经"文革"至暗时期后的重新绽放，是对十年思想禁锢状态深层次的突围和反拨。它与《自然·社会·人》的主导思想殊途同归、不谋而合，并间接催生了在这一思潮中蠢蠢欲动的《星星画展》。在《今天》的第六期上，我们可以找到当时转载的《星星画展》"前言"，开篇即说道："世界给探索者提供无限的可能。我们用自己的眼睛认识世界，用自己的画笔和雕刀干预世界。我们的画里有各自的表情，我们的表情诉说各自的理想。"他们力图从自我意志和情感出发，去探索与大众和社会对话的途径，在这一途径中，他们只追随心灵的引领，精神的取向，亦为圭臬，灵魂的归宿，就是涅槃。

《今天》与《星星》在核心价值上同框，更像一对派生伙伴，彼此间相互支撑、交融。黄锐不仅是一位诗人，也是一位画家，我最先从《今天》杂志的封面认识了黄锐，那是他设计的——一蓝一白两幅人物头像的侧面剪影，在带光环的圆形衬托下，微微昂起，喻示着晨曦中的觉醒——在当时有着很强的前卫感和视觉冲击力。1979年4月，在初春的悸动中，黄锐开始萌发了办画展的动议，之后他联系了马德升、钟阿城、曲磊磊等一干人成立了"星星画会"。取名"星星"是为强调星星作为独立发光体的存在，是"开在人们内心深处的花朵"，有着"各自的表情"。或者钟阿城的表达更为直接："我希望纸上出现的是灵魂，是那些被侮辱与被损害的灵魂,是那些乐观的灵魂,是那些善良的灵魂。"

李晓斌曾拍过一张"星星画会"主要成员的合影,是在美术馆门口的展牌前,十几个人一字排开,其中有钟阿城、曲磊磊、黄锐、薄云等,最令我注意的是在左边的马德升,绘图工人出身的他,由于自幼患上小儿麻痹症,双腿残疾,行走需架双拐。在改革开放前夜,人们的衣装多少都在发生变化,而他仍旧一身绿军装,一顶绿军帽,一双解放鞋,貌似因循守旧,然而却是画会中率先以激进的表现主义进行创作的画家,与他的外表形成了诙谐的二律背反。他的木刻作品对现实有着很强的穿透力,如同他的人一样,黑白对比强烈,具有斩钉截铁的果断和肯定。《星星画展》在美术馆街头第一次亮相,两天后即被取缔,画会成员及其同情者举行了"维宪"游行,马德升高喊"艺术要自由"的口号,拄着双拐走在队伍的最前面。

后来经过协调,画展被移至北海公园的画舫斋,于是画舫斋似乎成了民间探索艺术彷徨中的接盘者,重现了"四月影会"人流的熙熙攘攘和络绎不绝,成为公园中最热闹的一个角落。

画舫斋是北海公园濠濮间景区的一组建筑，始建于清乾隆年间，结构像一座超大型的四合院，只不过中间的空地变成了一座水池，因而就有了江南的清幽和婉约。和它的名称相符，这里经常性地举办一些有特色的艺术展览。1979年6月，一个题为"无名画展"的美术展在这里举办，当时正因为画展题目的别致，吸引我慕名前往。展出的作品和其名称一样，没有了人们习惯的鲜明主题，都是一些静物和风景，这种视觉上的沉静，让你自觉地把注意力放在作品的技法和美感上，赏读心理变得轻松而纯粹。据说黄锐也是受到了这个画展的启发和激励，遂开始了《星星画展》的筹备，它像是《星星画展》的前奏曲，以从容不迫的妙曼，邀挽着主旋律的到来。我这一时期经常和同学们骑车游走在北海公园、中山公园和中国美术馆之间，像一块干燥已久的海绵，拼命地汲取着水分，醉沐春风，甘之如饴。

从《自然·社会·人》《星星画展》展出场地的变换不定，可以看出当时社会对这些民间群体在认知和定位上的模糊和不确定，甚至还暗示了某种矛盾和分歧。具有戏剧性的是，1980年"星星画会"在美协正式注了册，并在时任美协主席江丰的认同下，于当年的8月20日正式举办了第二届《星星画展》，而地点就是在中国美术馆——这是中国正统美术最高的展示殿堂。我记得展览是在三层，空间不大，展出淡季这里时常空闲，而那些天这里却成了美术馆最重要的地方，观者络绎不绝。作品的风格面貌依旧，但在这里观看我却有了不同的感觉，去年街头栏杆上标旗各立的任性和不羁，在这里似乎有了正襟危坐般的郑重和沉稳，仿佛从对抗体制到进入体制的蜕变中，它们的身份气质也发生了某种变化。对此，有评论称"星星"身上这种对体制的依恋，是"小知识分子"的普遍情结，和现代意识极不吻合，进而断言在中国"现代主义甚至还不存在"。而在我的印象中，美协的举动，是历来少有的官方对民间的妥协。

由于"星星"的画家们多来于民间，许多人并没有受到过系统的专业训练，水平难称精良，而且呈现出某种程度的面目不清，很多作品带有较为明显的模仿痕迹。虽然他们整体表现出一种先锋意识，少数人尚可视为确立了个人风格，但真正强有力的作品并未出现。他们所追求的更多是一种观念的表达和心灵的释放。马德升后来说过："还是把它（星星绘画）看成是一场美术史运动比较到位，从作品本身来说，当年看起来我们算是有冲击力，但相比今天艺术家各种实验的凶猛，可能也不算什么了。"这与我看《自然·社会·人》纪念展时感觉大致相同，但我还认为，今天的创作固然珠玑罗绮，极尽斑斓，但比起当年的"星星画会""四月影会"来，似乎缺少了一种内在的、朴素的人文力量，而这种力量往往可以是一部作品灵魂的。

《今天》《自然·社会·人》和《星星画展》存在的时间都不长，在岁月的长河中可谓昙花一现。然而没有哪枝花朵，会因为春天的短暂而拒绝绽放，何况它们的出现并非偶然，甚至还在坚冰期，就已经开始了萌发和涌动，形成了充分的激情储备。在上个世纪八十年代思想解放大潮的背景下，它们相继破冰出土，犹如猝不及防中爆开的一道春光，对我们构成了某一种体系的规模性启示，其后果是让我们认识到在所谓的主流文化之外，还有一种边缘状态的人文视野在补充着我们的文化认知，这种边缘性拓宽了艺术的疆界，使中国的文化格局更为宽广、开阔，并启发我们许多非文体和非造型性的思维，为文艺多维度探索提供了更多可能。他们创造的是自己的心灵，而理解自己的灵魂正是理解人类的开始。正因为此，他们对中国文化精神的影响是深入和持久的，也许有人并没有清晰地意识到这一点，甚至一些人是在对他们的批判中不知不觉、不由自主地接受了其影响，毕竟这种探索部分地切中了艺术的本质，具有不可否认的启蒙意义。

尤其是诗歌，它顽强地变换着形态，以尽可能延续其始于《今天》的使命和职责。在朦胧诗的余波后，文坛曾掀起过"第三代"诗潮，尽管比起朦胧诗来，它们更加大张旗鼓、理直气壮，看似主张如潮，汹涌澎湃，却也呈现出翻起泥沙的破碎和混沌，可以留下的远不及朦胧诗那么明确和厚重。《深圳青年报》成为了他们狂欢的理想舞台,而我与同事主编出版的《第三代诗人探索诗选》,则可能成为了这一波大潮的唯一选本。作品自然是以《深圳青年报》大展诗作为主,也有针对某些诗人的书信约稿,我们的编辑宗旨就是全方位记录,宁满毋缺,把排沙简金的评判交给时间,虽然概念上粗糙些,但史料的价值一定是有的。

1988年7月,由芒克、杨炼和唐晓渡创意成立了"幸存者诗人俱乐部",并创办了另一个民间诗刊《幸存者》,这可以确认为《今天》血统的继承和延续,但只印发了两期,后又变体为《现代汉诗》,寿命长些。"幸存者"的名字有些悲情,唐晓渡称"幸存者"是指那些"有能力拒绝和超越精神死亡的人",并定位为"孤独者"。不过老诗人牛汉却有更为积极、阳光的评价:"'幸存者'与'探索'之间有着滔滔不绝的血缘,没有这些代代的勇于承受灾难、不断在孤寂中探索的献身精神,中国现代诗歌的前景是令人悲抑的。幸存者不是灰色的一群,是血色的战斗者。"

1989年春天，时间又进入了四月。一天下午，在同楼作家出版社供职的唐晓渡来到我的办公室，他给了我一张"幸存者诗歌艺术节"的请柬，并叮嘱我一票难求，务必要去。老实讲，我当时颇不以为然，是犹豫了之后才去的。"艺术节"在中央戏剧学院小剧场举行。当我来到会场外时，门口挤满了没有票的人，从他们渴求的眼神中，我感到了这场艺术节的不一般。当我挤进剧场，观众席已经满座，看到有很多到场的重量级人物，越发肯定了我刚才的判断，很庆幸自己没有轻易放弃这次聚会。

诗歌节是由唐晓渡策划的，以诗朗诵的形式进行。诗人芒克、林莽、王家新、大仙、黑大春、雪迪、莫非等依次朗诵了自己的作品，有些还借用了情景剧的方式，给朗诵增加了一些表演的元素。虽然舞台的调度和场面处理不很专业，诗人们的朗诵水平也不一，但随着演出时而热烈时而寂静地推进，感到总有一种情绪和意念在不断渗透和裹挟着你。当诗人林莽上台朗诵时，他的神态让我瞬间想起了大学期间的一节文学课，主题是当代诗歌。当时的主讲老师谢冕带来了两位青年诗人，一位是江河，另一位就是林莽，他们坐在旁边与我们一起听课。谢老师对朦胧诗人是很提携的，课后专门留了时间，让两位诗人朗诵自己的作品，当时林莽的真诚就打动过我，其中的一句诗我至今还记得，大意是"我抬头仰望辽阔的夜空，寻找着属于自己的星座"——这不正是《今天》所追求的真谛么？看到不再年轻的林莽依然在朗诵，还是那种熟悉的性情中的真诚，不禁令我颇为感慨。林莽在《诗刊》社工作，也与我一个楼办公，平常时有交往。在后来的一次饭桌上，我向他提起当年课堂上的事情，他竟也依稀记得。他后来送给我一本画册，是文人业余绘画特有的那种风格。这让我联想到《今天》和《星星》，诗歌与绘画或许在精神层面本属于一体中的两副面孔，只是林莽对美的贪欲，使他两者兼而有之。

朗诵会结束后，在剧场的休息室有一个小型的酒会，我的请柬是可以参加的。看到持一般入场券的人羡慕的眼神，一种优越感油然而生。酒会上，诗歌节的组织者、刚刚朗诵过作品的诗人以及部分嘉宾情绪异常兴奋，大家相互举杯庆贺。徐晓发现我也在场，她显出惊讶的表情，说没想到我也与他们这些诗人有所结交，也许在她眼里，我是个体制内的"乖孩子"，而所谓的"他们"则多少都属于有些叛逆的另类。我想起一次在我的办公室，芒克与我交谈过正事后（我曾主导编辑过一套诗集，作者为芒克、西川、大仙等），突然对我说："唉，咱们以后一起玩儿吧。"这或许是对我委婉的认可，也许我与"他们"不会完全契合，也知道自己并不属于他们那个群体，但哪怕只有心灵一隅的默契，这种交集就是可贵而值得的。我也认识不少体制内的诗人，如李瑛、杨牧、莫文征等，给他们出过诗集，我感觉他们与"他们"不在同一个诗的精神空间，而对于我一个职业编辑来说，这两种空间都是财富，都要倍加珍惜。

"幸存者诗歌艺术节"是第一届，也是最后一届。

之后，诗与其他民间范围的艺术探索活动渐渐降温，先后退出了公开亮相的舞台。后来唐晓渡曾找我出版过《现代汉诗年鉴》，但因故夭折，细节不便再说。经过一波浪潮的洗礼，一切似乎进入了吸收与消化的平静期。和"四月影会"一样，"星星画会"的原班人马，也曾以"原点"为主题，举办过纪念性画展，也同样在展览的入口处复制了当年美术馆东侧花园的一段铁栅栏，那是他们作品的分娩地。这是一种带有仪式感的留恋与回望，倾注了复杂和有待复苏的情感。也许，对往事的纪念，本就衬托了当下的沉寂与蹉跎，并不等同于一般的怀旧情绪。而我在《中国文化报》发表了最后一篇诗评《艰难的超越》后，也开始淡出了对这些民间群体的关注，进入到一段相对繁忙却平庸的工作状态中。只是，我有时会到北海公园的画舫斋前走走，这里的大门已关闭了很久，门庭幽静。听着从濠濮间传来的民间小乐队悠扬的演奏，那曾经的热烈场面不仅没有被拉近，反而飘忽得越来越遥远……

上述事情并不都发生在四月，但给我的心理记忆却都是春天的故事，于是到了四月，便总感到有一种情怀在暗波涌动，我知道，这是因为《今天》，因为《星星画展》和《自然·社会·人》。

修整历史的老人
——帕斯捷尔纳克墓地寻访记

近日,随意翻阅帕斯捷尔纳克的随笔《人与事》,读到所附美国女记者卡里斯莱的《三访鲍·帕斯捷尔纳克》一文时,她提到的一块墓地,引起了我的注意:

山坡的最高处是个小小的墓地,宛如夏加尔油画中的一个小角落。墓地用涂成蓝色的栅栏圈了起来。坟头上的十字架东倒西歪,鲜艳的粉色的纸花与绛红色的纸花半面落了雪,依稀可见。这是一座令人赏心悦目的墓地。

显然，卡里斯莱当时还无法知道后来帕斯捷尔纳克就葬在这里，所以笔调是轻松而明快的，而后面的楚科夫斯基的叙述，就略带伤感了：

当我走在通往火车站的路上时，我就不能不想到他（帕斯捷尔纳克）如何迈着碎步路经墓地，一溜急促而轻盈的小跑的神采，然后像个小伙子似地（的）跳上已经开动了的火车。如今，他也安葬在那块墓地里。

这些文字在书中并不重要，只是采访手迹中一带而过的。我却由此回忆起一些往事，他们所说的那块墓地，无疑是我曾到过的。虽已事隔许久，今天想来，一些细节仍历历在目。

1990年的八月，莫斯科已悄然降临了一些秋意，树叶渐渐发黄，并开始飘落，这是一个富于诗意并令人遐想的季节。为了寻访帕斯捷尔纳克的故居，我们专程来到别列捷尔金诺，这座被卡里斯莱称为"舒展而开阔"的小镇距莫斯科30多公里,需要坐约半个多小时的电气火车。小镇是苏联政府专为作家创作而修建的别墅村,作为上个世纪三十年代苏联所谓的"文艺复兴"配件工程,它还有一个颇具讽刺意味的象征性名称——"松林里的特莱美修道院"。这一名称取自法国作家拉伯雷的名著《巨人传》,是拉伯雷想象出来的人文主义理想国,以此来体现"想做什么就做什么"的自由原则。自1936年起,帕斯捷尔纳克几乎一直住在这里。当时这里还聚集了费定、法捷耶夫、楚科夫斯基等一批苏联的文学精英。

八月里,大朵的白云在田野上翻滚,搅动着整个蓝色的背景,大地像只行进中的船。地里依稀有人在劳作,让人想起米勒的名画《拾穗者》,这"宛如是上一个世纪的居民点"的景象,恰如卡里斯莱所描绘的,既古典又安闲,只不过她所经历的是一个冬日,而现在则是初秋。远处的主显圣容教堂传来悠扬的钟声,乡村变得圣洁而活跃起来。今天恰逢东正教的"报喜节",那里正在举行宗教仪式,途经教堂门口,可以听到里面传出的唱诗班咏经的歌声，竟真有一种中世纪的味道。

伴着忽远忽近的钟声，我们约步行了半个小时，最终来到一片公墓的入口。

阳光在茂密遮天的树丛里化为碎片，这里变得阴暗，未散尽的地气中，墓碑鳞次栉比，这是一片普通的公墓。帕斯捷尔纳克，这位我们造访灵魂的作家、诗人、白银时代最后的光环，就葬在这里。一部《日瓦戈医生》本可以使他体面地睡在莫斯科闻名的名人公墓——新处女墓，接受人们络绎不绝的瞻仰和凭吊。然而他却远离了喧闹的都市，独自长眠在这郊外平凡的黑土——他选择了孤寂和安宁。也许，是他生前活得太过于嘈杂和疲倦了吧。

这里的确安静极了，看不见人影，只有飞鸟在林间扑簌着，肃穆间又添几分惊悚。长时间的阴暗使脚下的泥土变得潮湿和泥泞，散发着浓重的土腥气。在一处斜坡上，我们找到了作家的墓地。周围的墓群依旧沉睡着，独有它已经苏醒。因为我们在沉寂中感到了某种劳作的声息。

那是一位在躬身修整墓地的老者，一下下有力的挖掘，使墓旁的杂草翻起，露出新鲜的泥土。他使这座墓地显出一些生气，也让我们在寂静中感到了一些亲切。

我们上前跟他打招呼，他应答着，有些异样的眼神里，分明对我们的出现感到几分意外。他没有停止手里的活儿，抬起的双眼疲倦而苍老，却含有俄罗斯人特有的犀利。从沾满泥土的裤腿来看，他已经干了好一会儿了，而且似乎常常是跪着的。一只盛着鲜花的篮子放在他伸手可及的地方，旁边还有水桶、小土铲和剪刀一类工具。

我本能地猜想他是墓地的园丁、帕斯捷尔纳克的亲友或是作家协会的工作人员……老人站起身，额头渗出一层细密的汗珠，神情略带狡黠地看着我们。大概意识到我们不会马上离开，他索性停下手里的活儿，在墓前一张石凳上坐下，随意擦了擦手，然后在黑色的旧粗呢西服口袋里掏烟。

烟点着了，他深吸了几口，飘散开的烟雾，与林中的雾气融合在了一起，留下了刺鼻的味道。在之后的交谈中，我们知道他是莫斯科人，只是喜爱帕斯捷尔纳克的一个忠实读者，自作家去世后，他每隔一个月左右就要来这里修整一下墓地，从未中断过。这项工作已成为他生活的一部分，习以为常了。

虽然他说得很平淡，却无论如何让我们感到了惊讶，帕斯捷尔纳克去世已有三十年了，一个与他并不相识的人，却常年为他扫墓，到今天次数已难以计算。是什么在支撑他这样持之以恒？

他眯起眼睛，好像看出了我们的疑惑，沉吟片刻，便用低沉又略带沙哑的声音告诉我们，帕斯捷尔纳克是一个伟大的诗人、作家，说他"脱离人民"，这不公平。如此平凡的安葬，让喜欢他的人于心不忍。他要用自己的行为，来维护一个理应受人尊敬的灵魂的尊严，因为他热爱帕斯捷尔纳克，如同热爱自己的生命。他开始有些激动，边说边抬手指了指墓地："这又算什么呢？"

这时我们才注意起这座墓，造型的确简朴、平常。墓碑上刻着帕斯捷尔纳克的半侧面头像。雕像上的他眉头微皱，面容消瘦，目光冷峻，使人感到一种抑郁和凛然，却正像阿赫玛托娃描述的："他，把自己比作马的眼睛，斜睨着，观望着，注视着，分辨着。"这眼神不由分说地会引导着你，进入到他的精神世界。除此之外，墓地再也没有其他的修饰。这种简陋会让人自然联想起列夫·托尔斯泰的墓地，一座被绿草覆盖的棺椁型坟茔，甚至连一块墓碑也没有。但这座坟茔是建在托尔斯泰自己的庄园中，阿利亚纳·波良纳辽阔的田野衬托着它不言自明的脱俗气质，以至人们更愿意把它看成是一种安葬风格。而帕斯捷尔纳克的墓地是不折不扣的简陋，它混杂于普通墓地中，使人产生了一种莫名的不安和寄居感。倒是墓旁的三棵枯树古怪得引人注目，不仅没有青翠的枝叶，甚至连一根枝丫也不留，仅存三根裂着缝的光秃树干，仿佛于作家溘然辞世的一刻，也拒绝了自己的生命，担负起了象征死者不公命运的职责。这一切与莫斯科考究的新处女墓相比，不禁令人感到一种凄切。

的确，帕斯捷尔纳克是"怀着悲愤离开人世"的。死时安葬得十分简陋。然而为他送葬的人却自发地排起了长队，延延绵绵，沉默而壮观。这被阿赫玛托娃称为"精彩的葬礼"，在最近出版的贝科夫的《帕斯捷尔纳克传》中，有着这样的描述：

正值明媚的初夏时节，盛开着苹果花、丁香花以及他喜爱的野花；八个帕斯捷尔纳克的"男孩"——他晚间的朋友与对话者，抬着灵柩，而他则漂在人群之上，其中没有偶遇的路人。后来，众人才蜂拥而至，他们的争相参与使葬礼更像某种示威而不仅是追荐仪式。不过，也就在此时，与帕斯捷尔纳克的道别才最具纯净的动机，不是为了制造骚乱，只为悼念他。……毋庸赘言，这是一个幸福之人最终的幸福。

这种隆重的场面，与简陋的墓地形成了强烈的对照，落差中似有一种情绪在涌动着。从此作家就长眠在这里，或许这正符合他最后的个人意志——做一个孤独、平凡但却幸福的人。"我快乐"是他留给世间的最后一句话。

帕斯捷尔纳克一生用自己的才华追逐幸福，尽管他的生命充满了悲剧色彩，这与阿赫玛托娃的人生走势形成了鲜明的反差。他总是试图通过创作，将幸福的元素传递给读者，这对当时的俄罗斯人来说，无疑是在单调、乏味语境下一种巨大的心灵慰藉。当然，在很长一段时间里，他的名字也成为俄罗斯人"刹那间幸福的刺痛"（贝科夫语）。

睡吧，花园。
睡完一生的长夜。
睡吧，叙事曲，好好睡吧，
歌谣，像幼年时一样睡着。

这是帕斯捷尔纳克代表作《第二叙事曲》结尾的一段，他就这样安详着，用三十年的沉睡，迎来了精神的第二次降生。

帕斯捷尔纳克本质上是个诗人，因此，不论是他的诗歌，还是"抒情史诗"般的长篇小说《日瓦戈医生》，都遵循着三个艺术原则：瞬间的永恒、变形中的真实和繁复中的单纯。这三个原则，都以他最后的作品——死亡而完整地诠释给了世界。

浓烈的烟草味在湿润的空气中溢散着，老人平静地望着墓碑，仿佛陷入了沉思。我的直觉感到当年为帕斯捷尔纳克送葬的队伍中，就有他的身影在闪现，那时他应该是很年轻的吧。在这块平常的墓碑后面，老人也许在回忆当年的情景，那条长长的队伍在旷野上蠕蠕而动，如作家灰色的生命在延伸着，"他飘浮在道路上空，就像飘浮在解除了苦痛的云间"，一直到很远很远……这景象因包含了逝者无法估量的人格力量，因而圣洁得无以复加。

为了恪守作家生前的寂寞与独处，我们只于自己的心中默默凭吊着。我似乎理解了帕斯捷尔纳克的箴言："世上有死亡和预见，吉凶未卜是亲切的。事先知晓了，会使人心怵。任何激情都是躲避临头的不可逆转的危险而向一旁做出的盲目闪跳。"这与中国人"幸福而先知其为祸之本，贪生而先知其为死之因，其卓见乎"的观点何其相似,恰如心有灵犀。这是一个纯粹意义上的作家,因为他有一个作家真实的惶惑、不安和危机感,他那富于激情的"闪跳",其结果是给人们留下了一批不朽的传世之作,而这则最终成为了他的墓志铭。

    生命也只是一瞬,不过应当把自己,融化在众人中间,如同把自己奉献。

帕斯捷尔纳克此诗的真谛,墓地已昭然若揭。

我们没有再说什么,老人吸完烟后就又开始了他的工作,把篮子里的一束小花扎好,轻轻摆放在碑石前。微风抖动着白色的花瓣,像一颗不安定的灵魂。

人世间唯有真诚最为可贵,这是一种意义深刻而又不可多得的平凡品格。帕斯捷尔纳克可以欣慰了,因为他并不孤独,一个普通人始终如一的理解和爱戴,足以抵上千百万人刻意、虚伪、功利的廉价奉颂,体现出一个作家最为真实的价值和力量——我们不会忘记,正是三十年前,他被苏联作家协会一致通过清除了出去;而三十年后,他又被一致通过恢复了作协会员的身份——历史在为自身的荒谬而负疚,这位老人修整的,不仅仅是一块墓地,恰恰还有历史。

告别了墓地和那位老者,我们心情复杂地沿着一条两旁长满白桦和松柏的小路,向作家故居走着。当年帕斯捷尔纳克就是在这条小路上来去匆匆,走完他生命中最后的一段路程。俄罗斯的秋天有着太多的寓意,1958年的秋天对于他来说是复杂和严峻的,获得诺贝尔奖的消息并没有给他带来什么快乐和荣誉,反而使他陷入了政治上的困顿。他在致安娜·安德烈耶芙娜的信中说道:"黑暗重又临头,我每天亲自战战兢兢地感到它的阴影。"由于这阴影的笼罩,作家后期的生活窘迫而阴郁,以至在压力下,他最终拒绝了辉煌的加冕。

倒推十年的别列捷尔金诺,同样是秋天,1948年的秋天帕斯捷尔纳克独自居住在这里,正沉沦于"幸福的绝望和牺牲的勇气"中,这或许为他后来的命运走势埋下了伏笔,但确使他写出了最具个性的诗作——《秋天》,今天读来,恰好成为捕捉他心境的最好印证:

我送家人各奔东西，
　　亲友早已零落天涯。
　　总是免不了的孤独
　　满溢在内心和自然。

　　…………

　　如今，木墙满怀忧伤
　　只好将目光投向你我，
　　我们不愿冲破障碍，
　　我们将坦荡地毁灭。

　　…………

　　就让树叶更喧嚣，
　　更加肆意地洒落，
　　让今日几多愁绪
　　比昨天的苦酒更浓。

　　秋风摇曳，白桦已开始瑟瑟凋零，我们走在帕斯捷尔纳克的秋的意境中，阳光忧郁而恍惚，落叶肆意飘洒，发出哗哗的声响，这就是所谓的秋语吧，仿佛在诉说一种遗憾和无奈,而且诉说了很多年。也许,是该人们好好听一听的时候了。

当我们回到别列捷尔金诺车站,准备返回莫斯科时,已是夕阳时分。教堂的仪式早已结束,三三两两的信徒在站台上等待火车并交谈着,他们祈求过了福音,但脸上的神情似乎仍是忧郁的。我们靠在站台的栏杆上小憩,这时人群中闪出一个熟悉的身影。他手拎水桶,肩背工具袋,缓缓地在站台上走着。我认出他就是在墓地遇到的老人。他也许没有看见我们,默默地从我们跟前走过,步履显得有些艰难。望着他宽大的背影,我意外地发现,他竟是一个有着腿疾的跛脚。

教堂的钟声亮亮地响起,一群鸽子被这钟声惊飞,在天空中滑翔着,剪开浓重的暮色。我突然想起一幅画,灰白色的背景,一座十字架高悬,但钉在上面的不是耶稣,而是帕斯捷尔纳克,这是为纪念他诞生100周年而发行的一张招贴画。历史终于承认帕斯捷尔纳克是一个受难者,并开始祈祷亡灵。冰河开始解冻,但还没有真正欢快地流淌起来。今天是个宗教节日,那位老者没有去亲近神灵,而是来从事了一件他认为比那更重要的事情。

有时,上帝不是抽象的,也不是唯一的,偶像就在自己的心中。我坐在返回莫斯科的列车上,这样想着。此时窗外已是一片血色黄昏,暗淡下去的树林从我眼前向后飞驰,这似乎就是帕斯捷尔纳克的诗句:

　　……时间集中了
　　红色:夕阳、夕阳、夕阳
　　…………

在芬兰湾寻找列宾

别纳德,芬兰湾上的一颗明珠,拉丁语意为"亲爱的家",俄语则为"老家",两厢意思相差无几。仅从名称上看,别纳德已被抹上了一层重重的乡愁。

从圣彼得堡乘火车向西北约45公里,就可到达它所在的列宾诺镇。从1900年开始,俄国大画家列宾的后半生,是在这里度过的。有一件事说来不可思议,这片领土今天无疑是属于俄罗斯的,但列宾在此辞世时,却又实属客死他乡。这的确令人费解。十月革命后的1918年,苏俄方面突然关闭了俄国和芬兰的边境,别纳德被划在了芬兰一侧,属库加拉地区,列宾也因此游离在了祖国之外。尽管他后来曾打算回国,而且接到了伏罗希洛夫的信,欢迎他回国,但病魔已使他无法再行动。对于列宾来说,这个"亲爱的老家"含义是不完整的,一种漂泊在外的失落感,使他的灵魂难以安寝。然而1940年苏芬战争后,别纳德竟又重新归属于苏联,库加拉也改名为列宾诺,列宾终于可以安眠于祖国的怀抱,慰藉游荡十年的亡灵。只是芬兰人对于这块土地的归属,似乎一直耿耿于怀,但又无奈于历史所做的这一安排。

这里的确是俄罗斯与芬兰的交汇处。在圣彼得堡市,通往这里的火车站就叫芬兰车站,在沙俄时期,只要登上了这个车站发出的列车,你就踏上了通往芬兰之路。也许我们还记得小时候看的一部电影《列宁在十月》,片头那列在森严的警戒中驶入芬兰车站的,就是由赫尔辛基开往圣彼得堡的火车。列宁在那个令人窒息的夜晚,躲过了临时政府士兵的围捕,从而为世界示范了一个崭新的社会模式。当年那辆曾帮他脱离险境的机车车头,就陈列在芬兰车站的站台上,供人们追忆。

别纳德所属的列宾诺镇，是由一座座错落着的别墅和民居构成的，它并不紧凑地排列在芬兰湾沿岸，如同被海岸线串起的一条项链，一年四季被波涛和海风抚慰着、润泽着。怡人的景色，使它成为理想的海滨疗养胜地。一个晴朗的上午，我们在当地一位热心女士的引导下，推开了别纳德的院门——这是一座活泼而富于童话色彩的院门，一条幽静的小路把我们带到一幢同样具有童话色彩的房子前，主人天才的创造性也影响了这幢房子的风格，给人以雅致和不俗的印象。

这是一幢木质结构的两层建筑，周围有碧绿的池塘和茂密的橡树环绕。站在外部观看它，由于时空环境的关系，我们很难进入追思的情境。然而当我们进入到房子的里面，在相对封闭中去审视它时，那被折旧了的历史感，便渐渐还原。这是一座内容丰富、极具情调的房子，分为客厅、卧室、餐厅、书房、琴房、祷告室等，当然还有画室。房子的前厅置有一面铜锣，凡来访者进来后要先敲响铜锣，之后列宾便会出来迎接。据说，列宾只在每周的星期三接待客人，因此每到星期三这里便高朋满座、宾客盈门。

房间里,每个空间的四壁都挂满了画作、壁毯和照片,各个角落还摆有雕塑和民族工艺饰品,画板和画架随处可见,十分明确地注解了主人的身份和职业。我们首先在一部小型电影放映机的引导下,看到了很久前冬季的别纳德,列宾的形象一次次出现,有的是在室内与友人相聚,有的是在室外的大雪中漫步,或者是到井边去打水。电影是无声的,很旧,影像并不清晰,只有列宾的微笑总是那么灿烂地闪回在镜头之中。可以感到他那时的心情愉快而又轻松。

影片恍恍惚惚地放映着,一件件被岁月阻隔的往事,在有条不紊的叙述中渐渐清晰起来。伴着放映机哒哒哒的过带声,我们似乎离那个时代越来越近……

是的,列宾绘画成就的高峰期是在十九世纪的下半叶,一幅幅令人震撼的力作使他闻名遐迩。这位巡回展览派的大师以其民主主义思想和现实主义的画风,奠定了其在世界美术史上的地位。著名的《伏尔加河上的纤夫》几乎成了列宾和他本土意识的代名词——十个纤夫以不同的姿态和表情，形成了一个多种变化的统一体，每一副面孔，都是包含世间沧桑的真实写照，肩膀的每一次发力，都传达出人物内在的、顽强不息的生命节奏。少见的狭长画幅使画面有一种纵深化的动感，其悲剧性效果令斯塔索夫赞叹道："列宾笔下的纤夫是充满生命力的……在他们身上凝聚着多么磅礴的气魄！"而他的《不期而至》则经常被文学课程解读为典型环境中的典型情节而被广泛引用。我在大学时的文艺理论笔记中，尚有这样的记录：画面定格的瞬间，蕴藏了强烈的戏剧性冲突，丰富的潜台词使画面产生了最大张力，给人以思维的无穷拓展。列宾是善于阐释这种戏剧性的，他把艺术境界的内涵理解得十分透彻并推向极致，让我们从人物的命运去体会画中的社会人生。可以说在别纳德时期之前，列宾的绘画牢牢扼住了时代的脉搏，无论在技巧或是思想性上都达到了十九世纪七十年代批判现实主义艺术的高峰，这一辉煌成就，在当时只有苏里科夫可以与之比肩。他们的作品往往更关注社会底层的生存状态，因而具有一种深刻的认识价值和亲民的普世情怀，在色彩、造型的处理上也达到了与之一致的炉火纯青。

但从九十年代开始，欧洲画坛一股象征主义的艺术之风悄然吹起，逐渐强劲，列宾不免也受到了影响，他的创作开始具有了现代主义和象征主义倾向。他更注重对绘画本体的领悟和思考，画面中不再有大社会变革的背景和特征，原有的思想价值和使命感渐渐从他的作品中削弱、隐匿，让位给了精美的技巧和象征性的绘画语言。有评论家认为，这是列宾创作退化和衰竭的表现，他的艺术开始走下坡路。这多少有庸俗社会批评学的嫌疑。一个艺术家的创作轨迹，只能忠于并追随心灵的引领，才能最终触及到艺术的本质。因此，我更愿意理解为这是列宾自身所发生的一种有关人生价值与艺术实践的转型，从而直接影响到他的绘画风格。在个体创作的发展脉络中，几乎所有的嬗变都源于人生阅历的增长和观念环境的改变，它是艺术蜕变的真正动因和母体，只是这种变革对于列宾来说，带来的是精神上的松弛和愉快，他的人生，也从此轮回到了另一种新的境界。

这一时期，列宾开始享受绘画。

对于一个画家来说，画室无疑是他住宅最重要的部分。别纳德共有两间画室，一间综合性画室在前部，房子很大，每个方位都设置了作画的设备，既可画不同姿态的肖像画，又可进行情节画、主题画的创作。首先引起我注意的，是一幅作于1920年的自画像，画像上的列宾显然已经进入老年，面部表情有些迟暮，而两眼却依旧隐含着智慧的火花，作品笔法率性而具有朦胧感。在列宾的后期创作中，肖像画占有很大的比重。他一生曾为许多大作家画过肖像，其中最著名的，就是那幅列夫·托尔斯泰肖像。据说，每次在作画前，托尔斯泰总是先坐在画板前的沙发上给列宾讲故事，这些故事后来都出现在了他的小说情节中。列宾则通常站在画板前静静地聆听着。文豪或许是在做着创作前的梳理，而列宾似乎也不仅仅是在倾听，也许还在托尔斯泰的绘声绘色中捕捉着人物的特点，以积蓄创作的灵感。之后则进入了列宾的时间——笔触在画板上一块块积淀着、排列着……从人物的表情看，托尔斯泰睿智的目光正穿越过你，看向身后更辽远的地方。这正是一个伟大作家应有的视野，宽广而且深邃，蕴含着治愈心灵的能量。两位大师就这样在寂静中进行着精神的碰撞。列宾为托尔斯泰创作的肖像，成为其众多的画像中最优秀、最富于内涵的一幅，以至常常作为插图，出现在有关托尔斯泰的各种书籍中。

虽然别纳德时期的列宾，已经过了他创作的高峰期，但在这间画室陈列的许多作品依然耐人寻味，其中一幅普希金的画像引起了我的兴趣。画面上普希金昂首站在涅瓦河边的晨曦中，画面的角度微微俯视，色调灰蒙，只在诗人右肩和半个面部体现出阳光的照射，这一抹色彩的绝妙，如同中国传统诗歌中的"诗眼"，即刻提升了整个画面的气氛，这位"俄罗斯的最爱"特立独行的品质被凸显出来。作品并不立意于思想的蕴藉和景观的丰富，简洁的画面只为展示一个高贵自负的灵魂，而这恰恰是普希金的气质所在。列宾的人生旅途与普希金无缘交会，这幅画是综合了各种素材创作而成，画面外光的处理明显吸收了印象主义画派的特点，具有一种内敛、超然的风格。

托尔斯泰与普希金，俄国文学为之骄傲的双璧，列宾沉浸在他们的光环之中，激发着持续的创作冲动，除了上面提到的两幅作品外，列宾还创作过《托尔斯泰在耕地》《赤脚的列夫·托尔斯泰》，以及经过二十年反复酝酿修改而成的《涅瓦河边的普希金》。这让我们感觉到了列宾生命中饱满的文学情怀。他本人也很喜欢写作，在别纳德时期，绘画之余他潜心完成了自传体形式的著作《抚今追昔》，文笔生动、鲜活地追忆了自己童年和青年时代的生活岁月，以及他与作家、艺术家的交往花絮，其中还有创作谈、评论、书信等，这本书不仅构成了对列宾价值的另一种解读，也成为审视十九世纪后期俄国文化形态的参照。这样的列宾不禁让人肃然起敬。

令人印象深刻的是，同样在这间画室的沙发上，列宾曾为夏里拉宾画过一张颇为不同寻常的作品：夏里拉宾半躺靠在沙发的靠垫上，头微微后仰，右手抬起，似乎在习惯性地演绎一个旋律或节奏，微笑的脸庞充满着潇洒和童趣。这是一幅令人愉快的画面。夏里拉宾是俄国著名的男低音歌唱家，因在莫斯科马蒙托夫歌剧院演出一系列的歌剧而得到了高度的赞扬，之后又不断在欧美各大城市演唱，获得了很高的国际声誉。在一间小客厅里，我们听到了夏里拉宾当时在别纳德做客时，即兴演唱一首俄罗斯民歌的录音，歌声舒缓而浑厚，一种世纪初的开朗情调在房间里回荡着。尽管当时的录音技术原始，音色嘈杂浑浊，但夏里拉宾富于磁性的声音依旧可以穿透出来，如同房间里释放出了一只夜莺，萦绕于屋宇，气氛立刻变得欢快、活跃起来。而更具特殊意义的是，列宾为夏里拉宾画的这幅画像，在歌唱家去世后，被改造成一具与真人等身的白色雕塑，陈列在莫斯科新处女墓地的夏里拉宾墓前。由于它不拘一格的艺术造型，在墓群中显得格外引人注目，成为被人津津乐道的墓雕经典。同样是一个晴朗的上午，我曾专程来到新处女墓，在眼花缭乱的坟冢中找到了这块墓地，它使人在怀念夏里拉宾的同时,不由得也想到了列宾,两人互为印证,这真是一种意味深长的结合。

别纳德另一间画室在房子的背面,一间半圆形的白色调屋子。周围和顶部全是玻璃格窗,很像我们通常认为的暖房。这是一间专门为标准肖像设立的画室。画室中间有一把带梯子的椅子,是为被画者准备的。旁边的一个三脚架上摆放着一幅照片,上面有一张我们熟悉的面孔。这是当时列宾在此为高尔基夫妇作画时的情景。高尔基站立着,一只脚踏在椅座的阶梯上,身子前倾,一只手撑住下巴,目光沉着而略带忧郁———幅典型的高尔基姿态。他的夫人安德烈耶娃则坐在椅子上,神态娴静而端庄。

这张面孔不很生动,但却是我有关苏俄文学记忆中最初始、最深刻的。对于中国人来说,高尔基在他们心中具有无可替代的特殊地位。但不知怎么,站在这幅照片前,我的心情与看到夏里拉宾肖像时完全不同了。一般说来,俄罗斯人的创作往往给人以沉重的现实感和压迫性,以致我们试图在形而上的艺术愉悦中,去解脱现实的精神负重变得十分困难。不过在看到夏里拉宾的画像后,我感到俄罗斯人的性格构成中,其实也很有浪漫的天赋——当一幅原本写实的作品被塑成一尊雕塑安置在夏里拉宾的墓地前,其中潜藏的浪漫主义精灵便释放出来,我们怎么能不说这是一个再奇妙不过的创意呢?夏里拉宾就是这样的浪漫化身,他总以自信和真诚的微笑面对这个世界,因而在列宾的笔下也少有地表现出一种松弛和率意。相比之下,高尔基却是那么始终如一地坚持着自己的矜持与严肃,这位具有世界声望的"无产阶级作家",曾在十月革命后发表了一系列"不合时宜的想法",而被列宁给予了最大的宽容。他的社会哲学一元论在从文化精英主义转向对国家和政治崇拜的过程中,无时无刻不在探索着解救俄国大众的理想出路,这对于高尔基来说几乎不堪重负。他就以这样一种姿态站在列宾的画笔前。在他面前,列宾无法超越一般意义的肖像画特质,而赋予人们以艺术享受中便于怡情和联想的翅膀。此刻,我们不能不想起罗曼·罗兰的话:"忧伤构成他(高尔基)的几乎所有作品的背景。"

这就是高尔基，一个在责任感重压下极端困惑、苦闷的作家。

在别纳德，我们不仅感受列宾，也感受他周围那些俄罗斯的文化巨擘。由于意识形态的原因，以往我们触及到这些人物，总是有选择性地冠以一些雷同、乏味的程式化语言，评价也有一种固定的标准套路，因此这些人物便成为一个个不完整的概念，僵硬在认知中。而别纳德还这些人以人性的光彩，所呈现的多元诠释既直观生动又血肉丰满，我们的记忆逐渐被融化、重组，整个别纳德也因此变得生机勃勃。而以前提及列宾，感觉也总是遥远的。不仅是艺术上的伟大需要仰视，地域的距离、时间的距离、心灵的距离，都是那么遥不可及，以至超出了内心可以承载的范围。然而今天来到别纳德，一切都被拉近了，且近在咫尺。特别是当我一个人站在房间里，静静去体味时，空气中似乎已经可以感觉到他的气息存在，有种精神在内心瞬间扎住，一时竟让我忘却了时空。

别纳德对于列宾来说是重要的，他曾对高尔基说过，在这里，他度过了一生中最美好的时光。其间，他从一个画家，丰满为一个精神贵族。因此，每当他创作之余，漫步在庄园的那条小路上，目光穿越树丛，总是能看到天堂的光芒，他因此把这条小路称之为"通往天堂的路"。其实，这是一种心灵的光芒，无论风雨雷电，只有心智开阔明朗的人才可以看到。于是在若干年后，在小路的尽头，一个东正教的十字架伫立在一方土丘上，没有墓碑也没有墓志铭，只有鲜花覆盖，这就是列宾最后的安身之处，他将在此开启步入天堂的脚步……

怀特说过："诗歌压缩在很小的空间，加上韵律，必然意味深长。"别纳德就是当时俄国文艺的一个缩影，除了我们提到的托尔斯泰、夏里拉宾、高尔基等，经常光顾的还有诗人马雅可夫斯基，作家丘科夫斯基、库普林，美术理论家斯塔索夫，收藏家特列季亚科夫以及一些艺术名媛。在故居中陈列的许多照片，记录下了这些不平凡的相聚。其中一张照片给我印象最为深刻：在房屋外一座高塔的楼梯上，列宾和他的朋友们从上到下依次坐在石阶上，用微笑面对镜头，构成了当时俄罗斯一道最耀眼的文化之虹。从这些人物的眉宇间，我们似乎可以体会出属于那个时代的许多东西。画家、作家、音乐家把这里组合成了一个精致的艺术沙龙，以至整个别纳德上空，也洋溢着一种艺术的气息，这气息在今天依然弥漫、延续着，即便我们走出别纳德，站在已是秋水长天的芬兰海湾，仍可强烈地感受到它挥之不去的存在。因为，在这里沉睡着一个不朽的艺术之魂。而对于列宾来说，死亡正像一个旅人小憩于驿站，当他再起步时，已抖落了一身市间的尘埃，因而变得更加纯粹、圣洁。我们要记住的，就是这样一个列宾。

这一天，我从芬兰湾匆匆走过，如一阵海风没有留下任何痕迹，但带走的，却是一生的享用。

浮世的京都

从京都最古老的建仁寺南门出来,就是八坂通。直觉告诉我,左手的方向应该就是"世界最小浮世绘博物馆"的方位。与刚刚路过的"花见小路"相比,这里显得异常安静,街道上几乎看不到行人,只有偶尔驶过的车辆,划破小街的寂静。走了约百余米,见路的南面有座普通的日式院门,外墙上挂有几幅浮世绘图片,门口有一块英语的文字招牌,和我预想中的大体一样。我即刻判定,这就是浮世绘传人市村守的私人美术馆,也是他的家了。

走进木制栅栏门,前面是一条七八米长的通道,左手边有一张长形条案,上面摆放着一排浮世绘的作品,尽头的右手侧有一扇门敞开着,里面是一间两进的榻榻米式屋子。外间像是工作室,一只纸箱上摞着几块刻版,地面散放着一些印刷的成品和半成品。通向里间的隔扇半掩着,一个老人的背影坐在一部开着的电视机前。我想,这大概就是市村守了吧。

我敲了敲门框,老人没有反应。于是我们用仅会的日语提高声音打招呼。老人听见了,他一边起身一边回应着,当他转身面对我们时,一张在网上已经留下印象的面孔让我确定,他就是市村守。

老人蹀躞着来到门前,他没有像网上看到的那样穿着和服,而是一身便装,头上戴了一顶黑色的绒线帽,齐颈的花发从帽子的周边溢散出来,面相温和。因为已没有别的日语词汇,我们只能试着用简单的英语,做着自我介绍。老人意识到我们不是日本人,便十分客气地用日语混杂着一些英语单词表示着欢迎之意。一阵似懂非懂的寒暄之后,我开始观察这里的环境。京都之旅是我谋划已久的,尽管这里的景观风物目不暇接,使我的行程显得紧张而仓促,但这个小博物馆却始终萦绕心头，让我割舍不下。

虽然有些思想准备，但如此简陋、逼仄的"博物馆"还是让我感到意外，无非就是一间几平米的通道，甚至连一个像样的厅室也没有。"世界最小浮世绘博物馆"的招牌是老人自己打出来的，显示出他言过其实的推销智慧，的确引起了人们的好奇和关注。我想尽量用对方可以理解的方式与之沟通，于是询问性地指了指纸箱上的刻版，他立即明白了我的意思，顺手拿过一张墨稿铺在刻版上，然后右手握着一块圆刷，一边做着拓印的动作，嘴里一边讲着些什么。我在大阪"上方浮世绘馆"的橱窗展品中，看到过这种圆刷，它是用一种树干纤维包裹而成的，从纸面上用力压过，使颜色能够充分地被纸张吸收。老人随后伸出四个指头，表示这样的步骤要进行四次，也就是说这张版画最终将呈现出四种色调。我理解这正是套色木刻的印刷程序，竟和我们熟悉的木版年画制作一个模样。我打开手机，把国内网上介绍他的页面截图给他看。他的面容瞬间从礼貌性的微笑转为发自内心的兴奋，不住地点头确认，脸上露出愉快而又谦逊的表情。然而,语言的障碍最终使我们的交流难以深入,气氛渐渐有些尴尬。于是我转过身来看摆放在条案上的画作。这些作品尺幅不大,约一两平尺左右,有风景和人物两种,大多为复制的浮世绘名家作品,每幅统一标价为一万零八百日元。

日本浮世绘的制作分为三个部分,分别由原画师、雕版师和刷版师三者协作完成。拓印刷版看起来简单,却决定了一幅画是否能最好还原画师的创意,颜色的配比、深浅的尺度,所有美感都需要刷版师最后呈现出来。可以说,刷版师手艺的精纯程度对版画成败的影响,绝不亚于原画师的设计。市村守14岁便跟着祖父学习刷版拓印技术,一生坚守着传统的刷版工艺,安心乐道,从没放弃,用中国的概念来评判,他是浮世绘拓印技术不折不扣的非遗传承人,在现在的日本,也是凤毛麟角了。

我注意到外屋地面上散放的画作,在显眼的位置是浮世绘"狂人"葛饰北斋的《神奈川冲浪》和《富士山》,在国内网上看到的图片里,竟也有这两幅。或许这不是偶然巧合，大概老人在用这种看似不经意的方式，向世人昭示着自己传承的代表性和正宗地位，而葛饰北斋就是最好的名片。

浮世绘是日本江户时代兴起的一种民间绘画，"浮世"即现世的意思，来源于佛教用语，本意指人的生死轮回和人世的虚无缥缈，即：此岸或秽土，即忧世或尘世。进而被当时历经战乱、渐进稳定繁荣的日本社会演绎出"人生苦短，及时行乐"的处世态度。随着战后江户逐渐发展为一座繁华喧闹的城市，不论居民还是武士，都开始追逐起豪华的祭祀、山野的乐宴、炽热的歌舞和灯红酒绿的游廓，这种奢靡享乐的城市景象，正是滋养浮世绘的理想温床，也造就了喜多川歌麿、葛饰北斋、安藤广重等最具成就和影响力的浮世绘画家。他们以社会的生活百态及市民的精神趣味为题材，整体以色泽明艳、线条简练为特色，具有鲜明的日本民族风格。明治维新后，逐渐浸入的西方艺术和如春笋般涌现的工业化浪潮，改变了浮世绘赖以生存的土壤，浮世绘才逐步退出了历史舞台。然而，若追根溯源，浮世绘的产生竟与中国的绘画艺术和印刷工艺有着紧密的渊源关系。

江户时期，正值中国明代小说兴起、市井文化活跃之时，一种初被激活的人文主义熏风，尽管尚如浮云般飘忽不定，却已渐渐开始并日趋深刻地影响到王朝的社会形态和日常生活。十七世纪初，由长崎进口的明朝带有插图的佛教典籍和小说绘本，在日本民间颇受欢迎，成为影响日本版画流行发达的重要原因，而京都又在这一过程中起到了萌芽和推波助澜的关键作用。这里的出版业率先改变了插图从属文字的附属地位，使之脱颖而出，成为独立的版画艺术品种。而中国发明的雕版印刷术则是浮世绘形成的技术基础，套色印刷的引进，加速了浮世绘的发展成熟，之后，浮世绘进入了一个五彩斑斓的全新境界。可以说，浮世绘是近代风俗画和刻本插图相结合的产物，在精神气质上更接近中国的明清小说，即都是庶民文化兴起并逐渐繁荣的必然体现。就以葛饰北斋为例，他的早期作品就曾以中国古典小说《水浒传》为题材，在人物造型上深受明末清初画家陈洪绶《水浒叶子》的影响，将稚趣高古的文人志趣与通俗娱乐相结合，人物的性格特征十分鲜明。而在其后歌川国芳创作的"《水浒传》豪杰百八人"系列，则淡化了陈洪绶与葛饰北斋画作线条的意趣，强调构图的奇诡夸张和平面的装饰性，形象威猛，气氛热烈，衍生出"武者绘"这一浮世绘新画派，极具东瀛的戏剧效果和视觉张力。这种中国题材的绘画创作，在当时的浮世绘作品中并不少见。葛饰北斋除了《水浒传》人物外，他的《诗歌写真镜》系列也充满了中国元素，《李白观瀑》《雪中旅人》等，就是以李白、苏东坡的诗意入画，意境清明幽远。可见当时浮世绘画家对中国文化采取的是怎样一种仰视和开放态度。尽管当时幕府的政策是闭门锁国，民众所能接触到的外来资讯很少，但幕府却不排斥与中国的文化贸易往来，这在客观上使日本的浮世绘艺术受益匪浅。

十七世纪以来，德川幕府虽然将政治、经济、文化的中心迁移至江户，浮世绘的别名即为"江户版画"，但其最早的起源和跃动却是在京都。建都初期的江户，对文化潮流的变迁并不敏感，直到京都率先顺应版刻图书的潮流，确立了日本出版业的龙头地位，江户才仿佛如梦初醒，开始急起直追。正因为此，京都人相对而言更喜欢肉笔浮世绘，这与浮世绘早期是由"肉笔"起步不无关联。最早的版画仅有黑白两色，称为"墨折绘"，其他色彩是用笔手绘上去的，故名"肉笔"，又称"丹绘"，与之后成为套色版画主流的锦绘相比，两者具有明显的风格差别。我想到几天前在上野东京国立博物馆看到的"日本美术名品"展，其浮世绘部分展出的是风景画大师歌川广重的作品，第一幅即为肉笔绘，描写的是樱花时节御殿山的风光，色彩清明舒朗但又柔和细腻，具有中国古典小写意及工笔画典雅内敛的审美品质。而在后面的套色版画作品中，《小金井桥夕照》一幅则是表现梅花盛开的景象，却线条突出对比强烈，更具版画的视觉刺激性。两种不同效果的花事题材，不仅明确诠释了两种不同画法的美感特色，还恰合了当下上野公园入口处两棵率先绽放的樱花树，预示着东京花季的到来。

浮世绘的产生源于中国文化的渗透和影响，却创造出完全本土化的艺术形式，就像我们看日本，既似曾相识又截然不同,这是一种多么奇特的感觉。鲁迅生前曾收集了大量浮世绘作品,尤其喜欢歌川广重。他坦言道"中国还没有欣赏浮世绘的人",这大概就是指当时中国的社会现实,离浮世绘中的情景和审美日常相去甚远。然而,随着浮世绘的日臻成熟,也在不知不觉中建立起艺术特有的本体价值,进而具有了自身的影响力。十九世纪初,一位荷兰商人在察看一箱来自日本的瓷器时,突然发现瓷器的包装纸上有一张神态生动的美女图像,色彩鲜艳,造型别致,洋溢着浓郁的东方风情,不禁大为兴奋。从此商人开始留意并收藏类似的图案,并在之后举办了一个主题展览。无独有偶,1865年,法国版画家布拉克蒙偶然发现了陶器外包装上绘制的《北斋漫画》,爱不释手。随即介绍给了他的印象派友人,进而在巴黎乃至欧洲社会刮起了一股日本主义的和风热浪,对刚刚兴起的印象派绘画起到了革命性影响——浮世绘的启迪,唤醒了印象派画家另一种表达视野,他们在描写现实生活时,不再像古典主义那样过分强调光影的无痕过渡和科学严谨的透视关系,而是注重平面涂色,忽略阴影，突出线条，用色则大胆艳丽，这些都和浮世绘的特点相吻合而有悖于当时欧洲传统的绘画理念。这种状况甚至渗透到了画家的日常趣味，印象派创始人莫奈的花园住所，从厨房、客厅到卧室，都悬挂着浮世绘的作品；马奈也对浮世绘情有独钟，他的《吹笛少年》即借鉴了浮世绘的某些技法；梵高名作《星夜》也被认为是参考了葛饰北斋的《神奈川冲浪》；甚至在音乐领域，德彪西亦受到《神奈川冲浪》的启发，创作出交响诗《海》……这一系列不同凡响的结果，恐怕是当时日本民间作坊里的草根画师无论如何也料想不到的。

对一种已然逝去的文化，只有将其放置到原始的语境，使之变成可以感知的时间档案进行解读，才能把握住它的真实意义。就这一点而言，市村守既受益于传统，又绝响于现实，这之间因距离而产生的价值感不只是视觉上的愉悦，还有精神上的虔敬，使他自身所具备的文化承载无可估量。在我的笔下，市村守的形象注定是枯瘪的，因为我没有让他血肉丰满的途径，然而此刻我觉得对他已不需要更多了解，岁月流逝，滤尽所有铅华，已然显示出坚持的可贵和一种薪火相承的工匠精神。如果为了欣赏浮世绘，日本还有很多美术馆可以满足，寻找市村守，就是为了印证某些缱绻的留恋和体会一种情怀的归属感。这里的空间确有些冷清萧疏，但却更加质感直观而且亲切鲜活，就像一杯静冈抹茶，清淡而不浓烈，却有着朴素中的高贵。

　　站在市村守小展厅的画案前，我想既然已经寻找到这里，应该带一张画回去。比较之后，我没有选择太过熟悉的《神奈川冲浪》和《富士山》，而是看中了一张歌川国贞的仕女像。这幅画有一种含蓄的妩媚，设色雅致，或许正像当年那位荷兰商人感受到的，具有浓厚的东洋风韵。老人似乎也认可我的眼光，一边点着头一边细心地用卡纸和塑料膜将画装放好，并给了我一张他自己绘制的宣传单，上面有这个小馆的地理位置图及日、英文的介绍文字，落款处则为日本文部大臣认定的：浮世绘木版画技术保存协会理事、拓师市村守。

　　走出小院，我又回首看了一下这个嵌在街道中不起眼的门脸，像是看到了淡泊中的陶渊明草庵。这儿的确算是"世界上最小的浮世绘博物馆"了，稍不留意，就会忽略而过。它不是风景，却内藏乾坤，只是一般来京都旅行的人，是不会想到它的。我突然想到应该和老人合一张影，于是返回院内，而此时，老人已经像我们来时看到的一样，背身坐在了里间的电视机前。我隐隐感到一些不忍，踟蹰片刻便退了出来。

回来的路上，我们又经过"花见小路"，它位于京都的祇园区，这里从江户时代起就是日本最有情调的风月之地，也是现今为数不多尚能看到艺伎的场所。居酒屋、餐馆、茶室鳞次栉比，一些店头悬挂着标有艺伎名字的红灯笼，示意着店内的歌舞、陪客服务，任你且歌且酒，感月吟风。若是在黄昏，月悬灯明时，这气息便是一幅歌川广重的《月光下的街道》了。行走其间，随处可见魅惑夺目的招贴画，绾髻情寄，竟也有浮世绘的风情在里面，使一条街道熏晕着淡淡的香艳之气。一时间，我仿佛就是置身于浮世绘中。其实，日语中"浮世"一词本就暗含艳事与放荡之意，因此浮世绘的内容不可避免地带有"春宫"题材，葛饰北斋、喜多川歌麿、溪斋英泉等众多画家对此均有涉猎。繁华放任，乐而不淫，顺应人之本性，喜人之本欲，也许就是浮世绘画作的精神追求。它经历了两百年的岁月蹉跎，不断突破绘画技法、印刷技术和题材伦理的局限，极其鲜活地描绘记录了江户时期日本社会的风土人情，万千过往终被浮世绘化为世俗烟火，直到现在，依然温暖、慰藉着日本人的心灵。

作者所购歌川国贞作品

公啡咖啡馆：左联的精神驿站

近日在网上看到一则消息，位于上海虹口区多伦路上的中国左翼作家联盟纪念馆，在完成了修缮改建和展陈改版工程后，于5月18日"国际博物馆日"重新对公众开放。其中特别提到"左联"诞生的摇篮——公啡咖啡馆，将通过一个做工精致的建筑模型加以呈现。

公啡咖啡馆是旧上海一家颇为出名的咖啡馆，地处四川北路和多伦路的交界处，是一幢三层砖木结构的街角楼房。据说由一个犹太人开设经营，楼下卖糖果点心，二楼喝咖啡。1995年角楼因四川北路拓宽而拆除，现多伦路8号源宝楼的茶室，就是公啡咖啡馆的旧址。

我曾在一个雨后的下午走过多伦路，去虹口公园拍摄沪上的秋色，沿路的景观营造已然给我留下印象，想着出来时再到这里走走，领略一下旧上海的风貌遗存。然而从虹口公园出来时天色已暗，细密的秋雨又下了起来，便只好作罢。看到网上的消息，又勾起了我对多伦路及公啡咖啡馆的兴趣，计划待疫情缓解，南下上海了却夙愿，无奈疫情反复无常，行程便一再被搁置了。

在上海，一座咖啡馆本不算什么，公啡咖啡馆不是上海开得最早的，也未必是最好的，但却因为它与左联的不解之缘而被赋予了特殊色彩，成为后人口中"那个年代最有名的咖啡馆"。据夏衍回忆："我记得左联第一次筹备会议，是1929年10月中旬，地点在北四川路有轨电车终点站附近的公啡咖啡馆二楼，参加者有潘汉年、冯雪峰、阳翰笙、钱杏邨和我等10个人。"又说："筹备会一般是每周开一次，有时隔两三天也开过，地点几乎固定在公啡咖啡馆二楼一间可容十二三人的小房间。"至于咖啡馆的具体环境，田汉早年以"公啡"为原型创作的话剧《咖啡店一夜》，或许可以给你提供一些想象："正面有置饮器的橱，中嵌大镜，稍前有柜台，上置咖啡、牛乳等暖罐及杯盘等……适当地方陈列菊花，瓦斯灯下黄白争艳，两壁上挂油画……"这被视为对当时公啡咖啡馆场景的还原，使得《咖啡店一夜》不仅是中国最早抒发咖啡情结的沉浸式戏剧，也无意间具有了现代文学的史料价值。

据说，咖啡是上海开埠不久由一位英国药剂师（J.Lewellyn）传入的，他在花园弄（今南京西路）1号开有老德记药店。这种棕色的奇妙液体一开始被称为"咳嗽药水"，后随着西点的兴起，才逐步被上海人接受。去咖啡馆喝咖啡的休闲方式，最早流行于法租界，到了上个世纪二十年代后，便形成了以北四川路、霞飞路和南京路为"金三角"的咖啡店圈，所谓的"上海腔调"和其特有的都市品质便是在这一氛围的浸润下慢慢洇晕而成。

咖啡与文学似乎有着天然的默契。在欧洲一些老街区的咖啡馆，曾因为一些文化名人的光顾，而被当地人引以为豪，如卡夫卡、茨威格常去的"绅士咖啡馆"，萨特、波伏娃常去的巴黎左岸"伏罗尔咖啡馆"等；而上海当年除了公啡咖啡馆外，也还有文化人开的如张资平的"文艺咖啡座"、创造社的"上海咖啡店"以及周全平的"西门咖啡店"等。上海本就是一个追求时髦的小资城市，得风气之先是这个城市的风格，并孕育出以阴柔嫣净的"轻文学"为基色的海派文学，比如"新感觉派""鸳鸯蝴蝶派"，比如张爱玲、徐訏、穆时英……他们以对都市男女的精神解读为追求，在灿烂和糜烂交织的土壤上浇灌出诡谲明丽的上海"恶之花"，这种沉醉式的文品与沪上静默风尘的情调很搭，也是沿海消费文化催生的必然产物，为当时颇为严肃的文坛带来了一席清朗。然而，当"小资"泛滥为一种常态，"革命"就成为了新时髦，在风气的驱使下依旧被追求起来。1930年前后的上海，社会主义观念的出现，为改变萎靡、颓废的现状提供了希望和可能，坊间都把激进的无产阶级革命当作时髦的话题来讨论。在咖啡馆从事左翼作家的文学革命，既践行了革命的使命，又不失浪漫的城市底色，这是只有在上海才会有的现象。它把原本不搭界的咖啡的优雅情调与革命的凛然姿态匪夷所思而又浑然天成地结合在了一起。而之所以选择公啡咖啡馆作为场所，是因为它处于公共租界边缘，又由外国人经营，巡捕房不易控制，客观上为左翼作家的交流提供了更为宽松、安全的环境，成为他们释放文化情怀的理想栖息地。想来"公啡"的咖啡味道也许平常，并不会有什么特别之处，倒是通过"公啡"去品味左联，反可以尝出别一番滋味来。

鲁迅在《三闲集》中的《革命咖啡店》一文写道："遥想洋楼高耸，前临阔街，门口是晶光闪灼的玻璃招牌，楼上是'我们今日的文艺界上的名人'，或则高谈，或则沉思，面前是一大杯热气蒸腾的无产阶级咖啡，远处是许许多多'龌龊的农工大众'，他们喝着，想着，谈着，指导着，获得着，那是，倒也实在是'理想的乐园'。"这是对咖啡馆革命众生相的生动写照。由于当时鲁迅与创造社、太阳社尚在论战中，所以语气中带有明显的调侃、奚落之意，其中所讽"龌龊的农工大众"就是创造社成仿吾的语言，他在《创造月刊》发表的《从文学革命到革命文学》中说："把你的背对向那将被奥伏赫变的阶级,开步走,向那龌龊的农工大众!"之后鲁迅又说:"我是不喝咖啡的,我总觉得这是洋大人所喝的东西(但这也许是我的'时代错误'),不喜欢,还是绿茶好……这样的乐园,我是不敢上去的……你看这里面不很有些在前线的文豪么,我却是'落伍者',决不会坐在一屋子里的。"然而一年以后,鲁迅不仅登上了公啡咖啡馆的二楼,而且还出席了筹备左联的聚会,与那些本不会坐在一起的人坐在了一起——时为中共宣传部文委书记的潘汉年,召集在上海的党员作家和进步文学工作者座谈,要求立即停止对鲁迅、茅盾的围攻,倡导革命作家必须联合起来,才能有力地进行文艺思想斗争,突破当局的文化"围剿",并酝酿成立以鲁迅为旗帜的中国左翼作家联盟——也就是在这一背景下,执拗的鲁迅才与创造社、太阳社冰释前隙,坐在了一起。尽管他依旧是不喝咖啡,只喝绿茶。

经过一番筹备,中国左翼作家联盟成立大会于1930年3月2日在多伦路的中华艺术大学举行,大会通过了左联的理论纲领和行动纲领,选举了夏衍、钱杏邨、鲁迅、冯乃超等7人为常务委员，周全平、蒋光慈为候补委员。鲁迅在会上发表了题为《对于左翼作家联盟的意见》的演说，第一次提出了文艺要为"工农大众"服务的方向。鲁迅是左联推出的旗帜性人物，这主要基于他拥趸众多的名望，以扩大左联的影响力，而实际掌控工作的是中共领导人瞿秋白。左联成员主要由创造社、太阳社、语丝社及文学研究会的人员组成，上海各方原存在分歧的文学力量，在公啡咖啡馆里卸下了各自的防备，畅所欲言，交流主张，分享对社会、文学的反思，在怡然氤氲的咖啡气息中找到了共通的精神依附，形成了文化同盟。

公啡咖啡馆无疑是左联诞生的摇篮，但我更愿意把它视为左联的精神驿站，特别是对于青年作家来说，六年的左联时期，他们在"公啡"经历了不同含义的精神洗礼和思想蜕变，或觉悟，或坚守，或转折……这在后来都不同程度地影响到了他们的人生轨迹。在这个过程中，鲁迅自然又成为触及他们世界观的灵魂人物，使原本不喜欢喝咖啡的他成了"公啡"的常客。1934年至1935年间，由于左联自身存在的关门主义和宗派主义，加上时局环境的原因，鲁迅与左联的联系渐渐疏离，一些文艺小报开始挑拨左联与鲁迅的关系。1934年田汉向鲁迅追问胡风的问题，引起了鲁迅的反感，又使隔阂加深。他曾对茅盾抱怨："左联的宗派主义和关门主义是相当严重的，他们实际上把我也关在门外了。"可见，鲁迅此时虽身在左联，但已心殊隔膜，了然和散淡了许多。然而鲁迅利用左联平台与青年作家的交往却不曾中断过。因为在阴山路的寓所离公啡咖啡馆不远，他常常借座这里约见友人，以文学青年最多，其中包括周扬、柔石、萧军、萧红等。他一般是先和他们在内山书店见面，然后再带到公啡咖啡馆长谈。1934年，萧军和萧红带着《八月的乡村》和《生死场》两部书稿，从东北辗转来到上海，因生活创作窘困而求助于鲁迅。11月30日午后，他们如约与鲁迅在公啡咖啡馆见面。据萧红表述："鲁迅先生很熟悉地推门进去，上了二楼。我们也随后跟进去。店里一个外国人很熟识地跟鲁迅打招呼，鲁迅回礼后便在靠近楼梯的一个厢位中坐了下来，我们也坐进去。这处厢位很僻静，进门的地方有个小套间部分地掩住了它。座位的靠背很高，邻座的厢位互相看不见，坐在厢位里就如进了一个小房间。"显然鲁迅对"公啡"的环境谙熟，且有自己习惯的固定座位，这里俨然成了他的"第二客厅"。

萧红和萧军当时并不是左联的成员，他们也曾想过要加入，但却感到了来自上海文坛的某些偏见，视他们为"不顺眼"的"外来者""东北佬"，宗派风气可见一斑。而此时鲁迅的态度对他们来说就如同空气和太阳，许广平在《忆萧红》一文中曾记录了他们的那次会面："他们爽朗的话声把阴霾吹散了，生之执着，战，喜悦，时常写在脸面和音响中，是那么自然、随便，毫不费力，像用手轻轻拉开窗幔，接收可爱的阳光进来。"可见，鲁迅对萧军、萧红不仅是生活上的帮助，更有精神上的教诲和引领，他后来为萧红《生死场》的出版作序，就是一个例证。

1930年2月16日的《鲁迅日记》记载："午后同柔石、雪峰出街头饮咖啡。"那是到公啡咖啡馆参加左联的最后一次筹备会。6月5日又载："同柔石往公啡喝咖啡。"这是与柔石的单独会面。柔石是"左联五烈士"之一，因在北大旁听过鲁迅的《中国小说史》，亦可称为鲁迅的学生。鲁迅对柔石的作品和人品很是欣赏，曾助他创办了旨在介绍东、北欧文学，输入外国版画，提倡质朴文艺的朝花社，关系可谓亲密无间，仅《鲁迅日记》载及的往来就有数十次。我们认识柔石通常是因为电影《早春二月》，那是由柔石的中篇小说《二月》改编而成的。作品表现了被五四精神唤醒的一代知识青年在现实社会里的苦闷和迷惘。它试图以人性展示创作理念，记录了所谓个性解放和人道主义在现实中如镜花水月般的破碎过程，思想主题通过江南情调和人物情怀融合得具有诗性，从而摆脱了左翼文学概念先行的一些通病，成为左联具有影响的重要作品。柔石遇害后不久，鲁迅便写下了那篇著名文章《为了忘却的记念》。

今天，当你行走在多伦路上，一个个岁月的印迹恰如娓娓道来，把你渐渐引向封尘许久的历史深处。在与秦关路交叉的东北角，可以看见一尊丁玲的塑像，这是少女的丁玲，一双未脱稚嫩的明眸包蕴着对未来的洞察和憧憬。她坐在一只旅行箱上小憩，这种造型突出了人在旅途时的驿站意识——目标尚未达到，一个理想的歇脚之地既可给精神充电，也可以设想具有任何可能的将来。这正是处在人生路口上的丁玲的状态。据杨纤如回忆："30年代阳翰笙同志经常带领我们参加作家的活动，北四川路底的公啡咖啡店去过多次……记得冯乃超说话的时候，手里玩弄着橡皮筋，他把近视眼镜伸到一位女作家面前问：'蒋女士有啥子意见呀？'这位蒋女士就是丁玲。"

当时丁玲正受命主编左联的机关刊物《北斗》，她常常在公啡咖啡馆内审阅稿件，在她周围聚集着一批有才华的文学青年，如艾芜、沙汀、沈从文等。左联时期的丁玲，其文学观呈现出矛盾的二元倾向，"为革命"和"为自我"两种不同的语系就像"革命"和"咖啡"一样被她主观地焊接在一起，但在具体的创作实践中，又往往是形象的意义大于观念铺陈，不自主地泄露了一位青春女性本能而真实的情感倾向。"五四"退潮后，中国作家陷入了孤独和彷徨，丁玲早期的作品也烘托出一个个孤寂伤感的心灵世界。在左联环境的历练中，尤其是她的爱人，同为"左联五烈士"的胡也频遇难之后，她终于做出了自己的抉择，这个抉择被瞿秋白称为是"飞蛾扑火"，而在她眼里，这火就是拯救她灵魂的路标和灯塔。在矢志"向左转"的同时，她并没有忘记将自由精神和五四传统嵌入在自己的文学观中，这既说明了其思想转变的复杂性、渐进性，同时也昭示了五四精神所具有的顽强生命力。不管怎样，这位曾写过《莎菲女士的日记》的少女，此刻已经走在了《太阳照在桑干河上》的路途中，且毅然决然。据说左联纪念馆的茶座里，有一款当年丁玲常喝的咖啡，它几乎成了一个品牌，诠释着当年丁玲在"公啡"的温度。

左联虽发轫于上海，但并不是一个地域的概念，而是一种更加积极开阔、立足大众的文学主张，表现了很强的社会责任感和文化担当。1936年初，为建立文艺界抗日民族统一战线，左联宣布解散，结束了它的历史使命。公啡咖啡馆也在沉浮变迁了半个多世纪后，湮灭在一片被翻新了的市井繁花中，只留下一块匾牌，提示着曾经的"文学革命"的摩登时代。从一些老照片中我们还可以看到公啡咖啡馆的原貌，它被时光雕刻得有些疲倦和沧桑，黑白照片好像有一种固有的深刻，仿佛还有密纹唱片刺刺拉拉的声音和咖啡的香气伴随而来，那感觉真是有些奇特和复杂，就像我们看左联，不论侧目还是回眸，都是五味杂陈。

附：

一条多伦路，百年上海滩

多伦路是位于上海虹口区的一条L型小街，全长约一华里（500米），原名窦乐安路。在上海它没有南京路、淮海路那么名声显赫，甚至在名气上也不如武康路，但由于其深厚的历史文化积淀，和近年来对其持续进行的上海"文化名人街"的打造，开始越来越被人们关注。

上个世纪初，多伦路地区还是上海宝山县一条荒僻的小河浜，英国传教士窦乐安于1911年买下了这块荒地，填河造路，初具规模，便取名"窦乐安路"。1943年汪精卫伪政府接收上海公共租界时，以内蒙古多伦县为名，改为今日的多伦路。它因聚集了众多上海历史文化遗存，而被喻为"一条多伦路，百年上海滩"。其中建于上世纪初的基督教鸿德堂、夕拾钟楼、内山书店、日本海军武官住所以及建筑风格各异的白崇禧公馆、孔祥熙公馆等，从一个侧面，记录了上海百年来的文化缩影和历史变迁，成为多伦路纵向梳理的重要地标；而从某一点横向扩展，多伦路则更有它特别的骄傲，如建于1925年的石库门街区景云里，中国现代文学史上许多著名人物如鲁迅、夏衍、茅盾、叶圣陶、冯雪峰、郭沫若、柔石、丁玲等先后居住、活动于此，形成了上海的左翼文化圈。现在位于多伦路145号的左翼作家联盟纪念馆，前身为中华艺术大学校址，1930年3月2日中国左翼作家联盟亦在此成立。1930年至1936年存在的左联是凝聚进步作家的精神家园，并因此促成了一段中国现代文学生机勃勃的繁荣局面。这一时期，鲁迅写出了著名的《故事新编》，茅盾完成了他的第一部小说《幻灭》，丁玲创作出她的重要作品《梦珂》，叶圣陶则在此主编《小说月报》……这一系列的文学成果构成了左翼作家创作的辉煌一笔，也使多伦路成为名副其实的中国现代文学重镇。

今天人们到上海，除了南京路、外滩、豫园等传统景点外，多伦路之所以也成为一个重要选项，全因为它所承载的上海厚重的历史文化，它为上海这座从十里洋场走来的商业气息浓郁的大都市，平添了一抹亮丽的人文风情，并成为见证老上海沧桑历程的"露天博物馆"。

古栈道随想

古人把路留在了"墙"上,我们的船行在水里。

过滩了。船工从小凳上站起,暴满青筋的手握紧篙杆,将它插进大宁河湍急的水流,在显示其力量美的同时,避险就夷,将船稳稳地送进了古锥门,也就是小三峡上的第一峡——龙门峡。

晨雾犹浓,一团团、一簇簇,罩在峰的顶端,聚在峡的褶皱。一阵轻风拂过,雾移散了,像拉开了一道薄薄的帷幕,将那两岸雄峻的峭壁径直推到了我的眼前。

"看,古栈道!"

不知谁喊了一声,大家的目光一齐射向了左侧巍峨的崖壁，展现在眼前的，是两排平行的方孔，上下交错成不规则的倒"品"字形，顺着蜿蜒险峻的绝壁伸展开去，像一个个古堡的窗口，气势森严。

一时间，我被震撼了。

出来时未做功课，从引航员那里，我知道了那方孔是古栈道的遗迹，据传它开凿于秦汉时期，至于究竟是秦还是汉，便说不清楚了。不过这并不重要，秦汉两朝在中国历史上同处一个非常的历史断代，那时，人们正在努力摒弃奴隶制的窠臼，构建着封建制的理想，革故鼎新。栈道不论修于两朝中的哪一个，都将是一种时代精神和历史格局的体现。然而，我们此时不约而同在惊叹着的，却是另一个问题：在如墙一样陡峭的绝壁上，这道是如何被修起来的？它又是作何而用？

古栈道神奇诡谲，巧夺天工，建造它时的艰苦卓绝自然令人难以想象，几乎为奇迹。于是民间便有了鲁班与观音菩萨打赌，夜修栈道，以造福于民，和宋太祖赵匡胤西进平蜀，修栈道以供行军之用等等传说，将这种不可思议托付给神力和王权，虚虚实实，莫衷一是。传说自然不是确切的结论,但却引发了我们对历史的无限遐想和怀古幽思——自从秦代修建秦始皇直道,从咸阳直至九原,以申秦法、扬威德以来,路便开始载入史册,称为"驰道",即为跑兵马之道;隋炀帝虽暴虐,但一条大运河却使南北漕运畅通,亦促商贾繁荣,福荫后世,那又是一条行舟船之道,谓之"水道";而我们眼前呈现的,是一条刻在石壁上的道,依然显示了古代工匠天堑变通途的创造性和想象力……古往今来,世间的道路总有千千万万,纵横交错使九府通衢。有的易走,如履平地;有的难行,步步艰辛。但路总是以不同的形态顽强向前伸展着,延续着,持续向着既定的目标。

人们常言"蜀道难",蜀道的确难,这条古栈道也难,我们的船在激流中向大宁河的纵深行驶,延途景观如一幅长卷渐渐舒展开来。浏览两岸,一样的"黄鹤之飞尚不得过,猿猱欲度愁攀援",而那条"道"竟也始终伴随着,不曾有过须臾的间断。于是,小三峡的秀美中又融进了一层沉重的历史感和朦胧的神秘感,不时扰动着你的心绪，那一个接一个的方孔……我开始臆造当年古人在上行走的情景：或是蒙蒙细雨，那头上是一顶斗笠；或是白雪茫茫，那身上是一件蓑衣；还有那风、那烈日、那负重……这是行路，若再往前联想开去，便该是"鸡声茅店月，人迹板桥霜"了。

古埃及有一座举世闻名的人面狮身像，据说狮身代表力量，人面代表智慧。雄狮般强健的体魄加上人类的聪颖，便构成了一个民族、一个王朝生存自立的基础。埃及人大可为这一创造而感到自豪。当然，中国人也很有一些可值得骄傲的，如万里长城、秦始皇兵马俑、隋唐大运河，若论当代，也还有林县的红旗渠、新疆的坎儿井……但我觉得在这些骄傲中，应该加进古栈道，因为，它不仅同样象征着我们先辈一种超人的力量付出，同时也印证了一种卓越绝伦的智慧构想。时光流逝，斗转星移，古老的栈道已不复存在，但那一座座方孔已沉淀为古代文明的化石，它安静、寂寞地依附于亘古的绝壁之上，为我们坚守着一个越来越遥远的古老传奇，今天我们在听，明天我们的后代仍将继续听下去。

雾彻底散了，久违的阳光终于覆盖了整个峡谷，像在一条昏暗的甬道里，点起了一盏巨大的白炽灯，将那山、那水、那崖照得辉煌起来。峡谷醒了。我忽然想起鲁迅说过的话："其实地上本没有路，走的人多了，也便成了路。"的确，世上的路有许许多多，有些是被人不知不觉走出来的，如鲁迅所说；有些则是在根本无法走的地方硬开出来的，就像这条古栈道。不论什么样的方法，路总归是人们生命意志和理想维度的体现和延伸。蜀道难，古栈道亦难，"问君西游何时还，畏途巉岩不可攀"，这已是路难行的极致，若比更甚者，便只有心路了。从古至今，行路也许就不曾是件容易的事，它需要非凡的胆识和坚毅的洞察力，执着且笃行。不仅行路，我们的人生，抑或一个社会的发展大概也是如此吧。

从小三峡回来，为解疑惑，我翻阅了一些资料，其中找到一些关于这条古栈道遗迹的记述，应为正解。现摘录于此：

大宁河古栈道遗迹，平均距河面约15米，每个方孔长宽各六寸，深约一尺，孔距五尺。始建于秦汉时期，用以架设竹管，将巫溪盐卤输送至巫山熬制；到唐代又加以改造，成为人行栈道。从巫溪宁厂至龙门峡，全长约一百二十公里，上游至下游逐步升高，超过了著名的剑阁栈道。大部分开凿于禽兽难以攀援的绝壁之上，是我国最长而又最险的古栈道之一。

琴键中的西部记忆

在我的抽屉里，至今保留着一张节目单，已经泛黄褶皱，这是美籍钢琴家唐可女士的音乐会节目单，保留它只为一次难忘的西部经历。

1991年夏天，我到青海西宁出差。一天傍晚，天空飘起了高原难得的细雨，窗外的远山迷蒙着，空气更加清冽，一种西部特有的气息。省作协的同志送来了一张请柬，今晚，美籍华人唐可女士要在这里举办钢琴音乐会。一位外籍音乐家，竟会到这边远的闭塞之地开音乐会，我颇感诧异。

晚饭后我如约而至。音乐会场设在省电视台的演播厅，演出台上除了一架三角钢琴孤独地摆放着，几乎没有任何布置。灯光是极普通的，四周昏暗且有些杂乱，观众席是由约一百多个折叠座椅临时摆放而成，让人难以相信这将是一场音乐会的会场。我感觉到了偏远地区与内地的差距。随着听众的陆续到来，演播厅变得拥挤、喧闹起来，空气有些憋闷。人们在彼此招呼着，传递着水瓶和食品，小孩坐在大人的腿上，而大人则不时用手中的节目单扇着风，场面像是在乡间等看社戏。这种氛围让我难以进入欣赏音乐的心境。

然而音乐会还是准时开始了。唐可女士身着一件考究的深色旗袍，神态端庄、典雅，和当地穿着朴素的小乐队和听众相比，自然是光彩照人。她好像并不因演出场地的简陋和听众略显嘈杂而扫兴。也许考虑到这里的欣赏水平，她特别对将演奏的曲目，作了一番通俗简洁的介绍，之后便以灵巧而富于力度的手指，奏响了音乐会的第一个音符。

对于唐可女士，我一无所知。简介上说她19岁赴美留学，并于1978年取得美国南加州大学音乐博士学位,是一位不可多得的钢琴教师和出色的演奏家,在世界许多地方举办过个人音乐会。这次演出是她在中国西部巡演的第一站,之后还有兰州和乌鲁木齐。那天她依次演奏了巴赫的 D 小调半音阶幻想曲、莫扎特的 D 小调幻想曲、海顿的 C 大调幻想曲和肖邦的即兴曲等。行进中的音乐自然美妙而悠扬,然而一种不和谐感总是不由自主地干扰着我,使我难以静下心来。此时会场是安静的,这干扰来自我的内心,依然是一种挥之不去的反差感。青海,我国西部的高原省份,汽车伴着尘烟开出十几公里便可看到苍凉而荒芜的戈壁,蒙古族、汉族、藏族、回族交错而居,使这里充满了原生态和民族、宗教的神秘气息,这种气息似乎与巴赫、莫扎特距离太过遥远。或许,唐可女士的音乐会是一次错误地点的错误选择?我疑虑着。但随着演奏的延续,在不知不觉中我竟不可思议地进入了潜心欣赏的状态,我感觉到观众此刻的安静和投入。唐可女士的演奏从容不迫,大人和孩子都在聚精会神地倾听,似乎在尽力用心灵与大师贴近着,抽象的音符此刻变得亲切、平易,富于感染力,演奏厅完全被美妙圣洁的旋律所占据，如闻天籁。我隐隐约约感觉到一种巨大的力量在凝聚着人们，把所有的差异和杂感抛到了演厅之外。

一曲终了，听众报以掌声。唐可女士站了起来，额头上细密的汗珠仿佛也在微笑着。她向观众躬身致谢，然后便微微动情地开始讲述。前不久她曾在莫斯科举办过一场音乐会，结束时便是热烈的掌声和鲜花。她享受着，感受到了俄罗斯人优秀的音乐素养——这毕竟是养育了柴可夫斯基和鲁宾斯坦的国度，一切都是那么自然而然、顺理成章。然而今天她被意外地感动了，令她难以平复的是，这块古时"春风不度"的边地，竟也具备着一种不平凡的音乐品质，这品质来自东方，来自偏远之地尚未完全摆脱贫困的同胞。也许坐在这里的听众，不是每个人都能充分理解音乐的内涵，但他们都本能地被这优美的旋律所打动、所陶醉，还有的，便是一种朴素的对艺术的敬畏之心。文明与古朴就是这样如此和谐地衔接着、交融着，这感受绝非莫斯科之旅可以相提并论。述说间唐可女士的眼眶湿润着，不时若有所思地注视着确实简陋的演播厅,注视着面前一张张依旧淳朴的面孔……

演奏又继续了,这是莫扎特最著名的 A 大调第 23 号钢琴协奏曲,弦乐静静地起奏,管乐重复着唱出明朗而欢快的主题,音乐家行云流水的钢琴接替了两个曲调,以简洁而无拘束的演奏,进入了钢琴的表达领域。接下来的乐章伤感而美丽,富于沉思,似喃喃自语,仿佛在给忧郁的情绪带来一个短暂的抚慰。终曲兴趣盎然而又兴高采烈,意在把人们带入向往阳光的明媚空间。我感受到这音符中,蕴含着一种善良而深切的祈祷,以及高贵的、令人难以抗拒的普世情怀。

莫扎特成功了,肖邦、巴赫也成功了,音乐的语言穿透了地域时空的隔阂,直接抚摸到了人们内心最为柔软的地方。在旋律的召唤下,演奏者和听众共同步入了一种完美的忘我境界,而这恰恰是一次成功音乐会所应该具有的。

演出结束。走在小雨中的西宁街道,路灯恍惚着街景,我呼吸着依旧快乐着的空气,想着这块产生了"花儿"的土地，是不会拒绝肖邦、莫扎特的，这是一种默契，是灵魂间的沟通与倾诉，被它感动不需要理由，或许，音乐本身就是一种苦痛和崇高并存的尤物。尼采曾说，没有音乐，生命将是一次错误，为此，我们将无可选择地拒绝错误而接纳欢乐。

因为那次经历，以至后来每每到专业的音乐厅，听更加专业的音乐会，我便常常会想起它，这不是纯粹的对一次音乐体验的留恋，而是一种更加深沉的精神触动和人生回望，让我无法忘记。

黄河三记

去银川之前做了功课,有一处黄河的古渡口是要去的。到了宾馆便向前台要了张宁夏游览图,上面标注的地名却是"黄沙古渡"。编辑的本能让我怀疑那是黄河古渡之误,毕竟用黄沙修饰渡口有些不搭,而且"河"与"沙"偏旁相同,录入错误也是可能的。在看过文字介绍后,方知此名不错,的的确确就叫黄沙古渡。

黄沙古渡

驱车来到古渡的入口,大门是一座仿古式敌楼,从这里到渡口遗址要坐摆渡车,在高低曲折的小路上颠簸十几分钟,两旁荆棘丛生,沙丘连绵,验证了此渡名称的不虚，当年行人赶路过河的辛苦可见一斑。

古渡是一道百余米长的河滩，沿途交错建有与渡口相关的小屋、土围、木栅栏等，这当然是复制的"古迹"。还好，与渡口的氛围大体吻合，没有让人太过扫兴。开阔的河床上错落竖着一些石桩石墩，有些斑驳像被风雨侵蚀过的旧物，有些则明显是新做的，这应该是当年码头系船缆用的。渡口正面滩涂赫然建有一座古朴的木制辕门，面向黄河的门两边是一对镇河兽，背面向黄沙的则为一对石狮，威严各异。古时候渡口是否真有这样的设置，已无从考证，就当下而言，这大概是古渡最具标志性的建筑了。河滩上的一切布局都是一种象征，只为烘托气氛，使它看上去更像一个旅游景点。而这里真正属于"原生态"遗存的，其实只有河边残留的由石块堆积的一段河堤，断断续续，在经年与河水的搏击中显得有些支离破碎，然而它却像一个亘古而具魔力的符号，瞬间便把你带入了历史的情境。

黄沙古渡自古就是宁夏的水运要冲和军事重地。公元前33年，昭君出塞时就是由此过河，从此告别了中原故土，一路向西，踏上以黄沙为伴的和亲之路。西夏时期，这里因紧邻国都兴庆府（今银川）而成为举足轻重的交通咽喉，旧称横城渡，后因横城北面有地名"黄沙嘴"，到明代便改称"黄沙古渡"。宁夏在明朝属防卫"九边"之一，朱元璋第十六子庆靖王朱㮵镇守于此，或许震撼于渡口的幽古雄浑，曾写下了一首著名诗篇《黄沙古渡》："黄沙漠漠浩无垠，古渡年来客问津。万里边夷朝帝阙，一方冠盖接咸秦。风生滩渚波光渺，雨打汀洲草色新。西望河源无际远，浊流滚滚自昆仑。"描述了雨后渡口辽阔沧桑的景象。公元1678年，蒙古准噶尔部首领噶尔丹在沙俄纵容下发动叛乱，清康熙帝三次御驾亲征，经过乌兰布通、昭莫多两次战役，噶尔丹部溃不成军，但仍负隅顽抗拒绝归降。1697年3月，康熙第三次征讨噶尔丹，左都御史于成龙在宁夏调运军粮，古渡上帆樯林立、骈舟如织，往来穿梭的船只达百余艘，发挥了重要作用。出征时康熙从陆路来宁夏，战事结束就是从黄沙古渡乘楼船水路返回。途中康熙突发感慨，也曾作《横城堡渡黄河》七绝一首："历尽边山再渡河，沙平岸阔水无波。荡荡南去劳疏筑，唯此分渠利赖多。"除抒发胸怀外，对这里的自然情状作了凝练概括。今天，人们在渡口边建有一座康熙戎装骑马塑像，气宇轩昂傲视西域，以纪念康熙驾临此地以及那次重要的战事。

渡口的所有景物元素，意在堆积、强化有关古渡的意义和价值，然而当你面对饱经风霜的河堤去作怀古幽思时，这一切却都显得多余。康熙帝描述的"沙平岸阔水无波"，放眼看去竟真如此。这里的黄河水道并不宽阔，宽阔的是河岸和滩涂，河水流势黄稠滞重，缓缓向前，恰如朱栴形容的"浊流"，这是大河在流经黄土和泥沙地域所产生的自然衍变，之后，这件黄色的衣衫将一直伴随它日月兼程，直至融入大海。只不过康熙形容的河水为"无波"，而朱栴则为"滚滚"，这或许是不同时节所得到的不同感受，我看到的确是和康熙相同。地图上标注黄河的曲线有粗细区别，银川段的线条较为纤细，这显然是根据水域的实际情况而定的，眼前的河道就印证了这一点。黄河在这里流向东北，之后，它将在内蒙古的巴彦淖尔转向正东，到托克托则掉头向南折返，成为陕西和山西两省的界河，而在那段流程的重要节点上，我曾经也与它有过一次近距离的接触。

碛　口

2012年春节刚过，我受邀去山西吕梁参加地方民协举办的"柳林盘子节"，其间曾到过碛口古镇。这也是吕梁山区在黄河边上的一个古渡口——一个在特殊地理条件下被黄水推移而来的近代传奇。

以碛口为坐标，这一段的黄河下游水流开始凶险，以至造就出壶口瀑布的惊涛跌宕。为避险隘，上游下来的船只，往往在碛口停泊，改转旱路。在明清至民国年间，西北各省的大批物资源源不断由河运而来，到碛口上岸由驮队陆路运送到太原、京津及汉口等地，回程时则把当地的物资经碛口再改水路运到西北各地。凭借着这一枢纽功能，碛口一跃成为我国北方著名的商货重镇，鼎盛时期这里商贾云集、食货昌隆，各类配套的店肆有300多家，享有"九曲黄河第一镇"的美誉。现镇内尚有数量众多且保存完好的明清建筑，如货栈、票号、当铺，以及民居、院落等。古镇依地形而建，起伏有致，今天看上去依然古色古香。沿河是商业区，店铺鳞次栉比，街道上石铺的地面凹凸不平，有着时光打磨的印迹；铺面则多是平板木门，门前有高圪台，檐下的砖雕、木雕、石刻古朴精致，涉足其间仿佛穿越了时空隧道，惟恍惟惚，有着很强的带入感。

古渡的河滩并不开阔，几乎紧邻街巷，岸边有一些废弃的木船，并竖有路牌指示着周边区域的方向。碛口的地标性建筑不在码头，而是卧虎山上的黑龙庙，面向黄河笃定而显赫地屹立在山坡之上。当年水中行驶的船家远远望见，便可松一口气，知道目的地到了，终于可以告别充满风险的航程，开始做烟榻、老酒、小菜及热炕销魂的遐想，迎来风清月朗的心安了。

那一年的盘子节是和正月十五元宵节一起闹的，镇里院落的大门都挂上了红灯笼，纵横错落的街巷中不时穿梭着准备彩妆游街的红男绿女，他们身背锣鼓，嬉笑雀跃，像一个个跳动的音符，在碛口街巷的古老丝弦上，弹奏着欢快的新颖乐章，与古渡关津那些象征衰老文明的落寞的石碾、磨盘、辘轳井形成了鲜明对照。

黄河将黄土高原劈为两半，碛口对岸是陕西的吴堡。山陕虽分属两省，但北部黄河沿岸却同属一方水土，有着一脉相承的风土人情，河西的剪纸信天游对应河东的布老虎闹盘子，仿佛构成一个同根同源的民俗生态圈，陶冶了一个区域的情怀气质，使渡口两岸弥散着浓郁的西北色彩和塬上风情。

站在碛口的老码头，当年口岸的喧嚣已消散在历史的灰烬中，远处隐隐传来的锣鼓声反而使水面显得异常寂静。虽然春节已过，但冬季的寒意尚浓，开阔的河道上漂浮着一层层、一片片的冰凌，如同簇簇莲花御水而行，削减着大河的色彩，使它看上去并不是黄色，呈现出黄土高原罕见的清俊。水流也在白色冰体的衬托下显得更加快速，仿佛正急切地赶向壶口，去释放一下它疏狂不羁的另一种性格。

花园口

在我的经历中，真正见证黄河的伟岸，是在河南的花园口。那是去郑州参加《百花园》杂志举办的一次笔会。也许是为了让大家加深对杂志的印象，会议组织我们游览了郑州以北的景区花园口。

黄河流经河南地段，已经进入平缓舒展的中原大地，水面顿觉宽广开阔，袒露出它应有的放达格局。那天天色渐晚，水面轻雾迷漫。站在花园口河滩一眼望去，空灵浩渺，水天一色，远处有一桥飞架，霞缕与孤鹜齐飞，完全呈现出中国母亲河的胸怀，令人不禁心意肃然。花园口古称桃花浦，相传旧时这里遍地桃花，绚烂异常。明朝时期，礼部尚书许赞在这里建了一座私家花园，种植四季花卉，终年盛开不谢，远近百姓纷纷前往观赏。后来黄河水改道侵蚀南岸，滔滔洪水把美丽的花园吞没，从此这里就成了黄河南岸的一个渡口，人称花园口。

正因为这里的河水水量充沛、激流湍涌，历史上也曾发生过一件惊天骇地的事件。1938年6月，抗战形势急迫。侵华日军沿平汉、津浦两路南下，5月徐州失守，日军沿陇海线西进，郑州告急。为阻止日军，蒋介石决定在花园口炸开黄河大堤，人为将黄河改道成为屏障。决堤后的河水迅速下泄，像一匹脱缰的野马，浩浩荡荡使豫南成为一片汪洋。日军虽然暂时被洪水阻隔，但整个黄泛区长达400余里的豫、皖、苏三省、44个县30多万平方公里区域被洪水湮没，数十万人失去了生命。当时的《豫省灾况纪实》对这一事件有着详实记载，其情景令人触目惊心，花园口因此闻名全国。如今的花园口除了一块纪念碑外，已找不到与历史相关的任何遗迹。一个美丽的名字，却背负着两个凄凉、悲怆的故事，全因为黄河的两次改道，一次是自然的，另一次则是人为，而本应附丽于它的那个美好过往，已被埋在河滩厚厚的泥土之下，成为了一个久远而飘忽的童话。

我曾多次足步黄河，除这里提到的三处，还有壶口瀑布、东营入海口等，但唯一一次泛舟黄河，是在花园口。当时坐的是机动木船，先是顺流而下，之后逆流而上，江风中弥漫着黄土的气息，这或许是河水给我的一种心理暗示。其间，有一件事让我至今难忘，行驶中我看见船尾的舵工拿了一只碗，从黄黄的河水里舀了一碗喝下去，不禁吃惊。问他这么浑浊的水喝下去，不会拉肚子么？他笑笑说不会，我问为什么，他说这是活水，没事，死水不行。这个回答简单而自然，显然已成为他的日常，我却隐约感到微言大义，似有着更深奥的道理，究竟是什么，一时又说不清。想了许久，抑或是流动活跃是生命的根基，而僵死静止则预示着腐朽。是这样吗？言不尽意，姑且如此吧。叔本华说过："表达真理的方式越简单，真理的影响便越深刻。"

当年昭君出塞，在黄沙古渡望着滚滚而去的黄河水，心中不胜凄凉。她曾立志在西去的路上绝不回头，可刚渡过黄河，便情不自禁回头向着家乡的方向长久凝望，泪水不觉滑过面颊。这种情愫，只有到了实地才能感同身受。隔河如隔天，古时候的渡口往往成为人们生命历程的一种流转，由地域差别形成的社会生态，也在此岸到彼岸的一河之间,便物换星移、情景两隔了。定格一段岁月回眸,黄河肌理上每一处地标,都镌刻着中国历史和人物命运斑驳的印痕,就像母亲身上的胎记,并不因岁月的流逝而有丝毫改变,而那些如烟往事也并没有真正消逝,只是藏在了时间和表象的后面,在我们的不断追寻中,第次相传,最终勾连起连绵不绝的河域文化,使它奔腾不息的旅程丰饶博大、异彩纷呈,彰显出人文意义的永恒价值。留给我们的,则是岁月挥之不去的万千感慨和遥远情思。

三处渡口,都与黄河相关,谨记。

关于萨拉热窝的文艺延伸

我们的车在巴尔干大地上疾驶着,从贝尔格莱德到萨拉热窝。天气时晴时雨,天空云卷云舒,使原本单调的行程变得风云莫测、气象万千。车上播放着《瓦尔特保卫萨拉热窝》的录像,精彩而熟悉的画面酝酿着我们的情绪,以最大限度调动起对那座城市的期待和渴望。毕竟,对于我们这一代人来说,萨拉热窝是与"瓦尔特"的名字紧紧联系在一起的。

从瓦尔特切入萨拉热窝,这恐怕是中国人特有的视角。我看这部影片是在上中学的时候。在那个文化生活贫乏而枯燥的年代,《瓦尔特保卫萨拉热窝》的上映,让中国观众接触到一种完全不同的电影语言,视觉受到强烈冲击,从此便埋下了深深的"瓦尔特情结"。他们知道世界上有个国家叫南斯拉夫,南斯拉夫有个城市叫萨拉热窝,萨拉热窝有个反法西斯英雄叫瓦尔特。

然而今天,南斯拉夫这个国家已经不复存在,它分化为六个独立国家,萨拉热窝就是其中波黑共和国的首都。这座夹在狄那里克山脉之间的狭长城市,被米利亚兹卡河分为南北两部,老城区在河的北岸。我们到达时雨停了,但天空依旧阴沉,深深的背景映衬着被雨水打湿的城市,像一张托裱过的画,色彩浓重而又轮廓鲜明。

萨拉热窝老城区又称巴什查尔西亚,走在大街小巷,引人注目的是不同形式的宗教建筑——由宣礼塔和圆顶构成的清真寺、高大明快有着蒜头顶的东正教堂和哥特式风格的天主教堂,直观而清晰地反映了萨拉热窝多种宗教并存,以及信奉不同宗教民族之间相互交割、纠缠的现实,使之成为名副其实的"欧洲耶路撒冷"。他们之间有时和睦相处,有时则兵戎相见。爆发于1992年、历时四年之久的波黑战争就是矛盾不可调和的集中体现。今天的萨拉热窝，一些高大建筑物墙体上的累累弹痕和数以千计的墓碑，记载着三大民族之间的历史恩怨，这表象的背后，抑或还潜藏着东西方大国渗透、影响的影子，其利益与信仰的冲突甚至比耶路撒冷更为复杂。

1450年后，奥斯曼帝国统治了萨拉热窝，鼎盛时期的繁荣仅次于伊斯坦布尔，因此这里的景观具有浓郁的阿拉伯风格，是波斯尼亚民俗与土耳其风情交融的产物。行走间，不时有裹着面纱的穆斯林女子步态款款地与你擦肩而过，电影中的萨拉热窝仿佛离我很远，这座城市竟然是陌生的。我的思绪已然游离出电影的氛围，甚至有些恍惚和茫然起来，直至来到地标性的大清真寺广场，我零乱的思绪似乎才被重新聚拢。贝格大清真寺是波斯尼亚人的精神圣地，也是电影中钟表匠谢德牺牲的地方，刚刚在车上重温过的场面随即浮现眼前：谢德只身前往敌人的伏击地点，在击毙了接头人之后身中数弹。此时影片用了一个中长镜头——他的身体缓缓倒下，近景是一群被枪声惊飞的鸽子，画面则在一片钟声中向上摇起，指向天空，喻示着死者灵魂的升华——这是影片中的一个经典镜头，我第一次看到，便留下了深深的印象。电影比之文学，因为具有画面感而更容易被记忆所贮存，在这样的实景下进行回味，自然有了穿越的异样感觉。离大清真寺不远，是电影中的另一处代表性场景——钟楼，它建于1667年，曾是城内唯一的公共时钟。影片中瓦尔特就是在这座钟楼顶用机枪向包围过来的德军扫射。银屏上的他左右开弓，英姿潇洒，令观众兴奋不已，于是瓦尔特便和后来红极一时的日本影星高仓健一起，成为中国观众心目中追崇的硬汉形象。

《瓦尔特保卫萨拉热窝》是由前南斯拉夫波斯纳电影制片厂拍摄的一部战争片，由莱博维奇编剧，哈·克尔瓦瓦茨执导，日沃伊诺维奇主演。影片讲述了第二次世界大战期间，游击队长瓦尔特凭借出色的智慧和超常的勇敢，让打入内部的假瓦尔特原形毕露，成功挫败了德军阴谋的故事。电影在情节构成和人物塑造上紧凑饱满，具有很强的观赏性。该片于1972年在匈牙利上映，1973年底引入中国，随即引起轰动，使得当时占据银屏的赵四海、高大全等形象黯然失色。

清真寺和钟楼让我重逢了心目中的萨拉热窝，此时，阳光适时地透过云层铺洒下来，晕染着我的心情。当我走在风情别致的工匠街上，电影的情节竟又被延续了。奥斯曼帝国为萨拉热窝带来了铜器制作工艺，包括餐具、烛台、咖啡具等，这条石板路的街道就错落有致地聚满了这样的店铺。我无意间在一家铺面门口发现了一块招牌，上用中文写着"瓦尔特保卫萨拉热窝里的铁匠铺拍摄场景，现在的老板是电影中铁匠的儿子——欢迎中国朋友"，顿时，一种亲切感油然而生。影片中的另一个场景也不失时机地覆盖了这条街道——瓦尔特和游击队员冲破包围撤入工匠街，敌人则紧随其后，这里的工匠们用持续性敲打干扰德军的搜捕，敲打器皿的节奏加剧了情节的紧张气氛，而工匠们的木讷表情又与尖锐的场景形成鲜明反差，以凸显内在的焦虑和不安。这一情景因场面诡异、奇特而印象深刻，其中有两个工匠的特写镜头，不知这家店铺的老板是其中哪一个的儿子？但这似乎并不重要，这块招牌给了我们一个明确的信息：老板深知《瓦尔特保卫萨拉热窝》在中国的强大影响力，用此来抓住中国人的心理，以期得到生意上的最大收获。

有人说瓦尔特的形象就是二战期间巴尔干地区抵抗组织领袖铁托的化身，当然这仅仅是一种猜测。然而在1935年苏联最重要的情报机构共产国际的档案里，有一位负责巴尔干地区及南斯拉夫共运的中年人，他的化名就是瓦尔特，这位中年人是谁，人们想一想便不难得出答案。

萨拉热窝因为瓦尔特而变成了一个传奇。第二次世界大战所形成的反法西斯同盟，暂时掩盖了区域性的民族隔膜，使这里正义的内涵不再扑朔迷离，萨拉热窝人以空前的一致性抗击着德国侵略者。在巴尔干的历史长河中，这种一致性甚至比传奇更为稀有，因而显得格外珍贵。此时，我想起影片结尾时德军上校冯·迪特里施说的一句话："你看到这座城市了吗？他，就是瓦尔特。"当然，他说这句话时是极度沮丧的。

米利亚兹卡河浅吟低唱地穿过萨拉热窝市，有河相伴的城市是幸运的，它使城市变得生动而有活力。有河便有桥，桥的不同形态丰富了城市的景观，抑或还有与桥相关的故事和传说在积淀着城市的内涵。然而当年发生在拉丁桥边的事件，就不是故事和传说所能概括的了，它甚至改变了整个世界的格局。

1914年6月28日，奥匈帝国皇储斐迪南大公到萨拉热窝检阅针对塞尔维亚人的军事演习，已经获得自治公国地位的塞尔维亚强烈要求摆脱奥匈帝国的控制，激进的青年人便策划了一系列谋杀行动。他们在斐迪南夫妇途经的地方多处设伏，在错过了一次谋杀机会后，终于在斐迪南夫妇的车队从市政厅返回经过拉丁桥头时，由青年普林西普上前开枪击毙了他们，这就是震惊世界的萨拉热窝事件。一百多年过去了，有关这次事件的资料，被陈列在桥对面的一战纪念馆里，其中就有行刺时所用的手枪和现场照片。今天的萨拉热窝人在桥头行色匆匆，从他们平静的表情已经感觉不到这里发生过的一切，只有在桥头和纪念馆前聚集的旅游者，才让人警觉到这里曾经有过的历史烟云。拉丁桥头枪声之后，德国公开鼓动奥匈帝国对塞尔维亚进行"彻底清算"，而俄国和法国则开始调动部署军队以支持塞尔维亚，几方剑拔弩张，一个月后，第一次世界大战全面爆发。

这原本是一个严峻的政治事件，然而我们若从人物的身份和时间上向前推移，竟然可以引申出一个浪漫的爱情故事并连带出一部优秀的艺术电影，这一切要从被刺杀的斐迪南大公说起。

斐迪南大公是谁？他是奥匈帝国国王弗朗茨的侄子，而当时的王后、斐迪南的大伯母，就是大名鼎鼎的茜茜公主。1955年，由联邦德国与奥地利合拍的、以茜茜身世为主题的电影三部曲《茜茜公主》在奥地利上映，导演和编剧均为马里施卡，由奥地利新星罗密·施奈德主演。影片讲述了活泼可爱的巴伐利亚公主茜茜与奥地利国王弗朗茨一见钟情，并不畏严苛的宫廷规制，追求自由与爱情的故事。据说影片中饰演茜茜的施奈德外表和气质与历史上的茜茜公主十分相像，出演时年仅16岁。影片对当时奥地利危机四伏、摇摇欲坠的现状极尽弱化处理，浓墨重彩渲染了茜茜公主美丽、善良、率性的一面，而弗朗茨也被刻画成一个比真实更加完备的开明君主。影片以浪漫主义的风格加以呈现，而这浪漫的基调是建立在童话和轻喜剧叙述的基础之上——童话烘托出温馨感人的表达气氛，喜剧则以虚构情节和人物的方式添加笑料，使作品具有了轻松明快、雅俗共赏的艺术品位，一经上映便风靡世界——豪华美丽的宫廷场景、旖旎迷人的自然风光加上动听悦耳的交响配乐，尤其是施奈德芳华绝代、清纯甜美的形象，无不让世人为之倾倒，她为这个颓势毕现的阴郁王朝，增添了一抹最后的亮色。

如果说以 16 岁的芳龄表现一个追求爱情与自由的少女尚在情理之中，那以皇后的身份在处理复杂国事和情感纠葛时所表现出来的沉稳、淡定和高贵气质，16 岁的施奈德又是如何做到的呢？或许她是个天才，她天真烂漫的性格和纤瘦的腰身仿佛就是天然的公主，因而才能将茜茜演绎得如此妩媚动人，成为人们心中的一代女神。然而红颜薄命，1982 年，43 岁的施奈德因心脏病而去世，令人深感惋惜。2008 年，法国电影艺术与技术学会为她颁发了凯撒终身成就奖，以表彰她为电影事业所做出的杰出贡献，她的生前挚友阿兰·德龙上台为她领取奖项,并发表了令人动容的获奖感言。真实的茜茜死于1898年,然而直到1982年,世界上才真正地永远失去了茜茜公主。

历史上的斐迪南大公与茜茜公主有着千丝万缕的联系。他的父亲路德维格大公在少年时就爱上了茜茜,这在电影中也有详细的表现,这一情节增加了故事在情感线索上的跌宕起伏,进而突出了茜茜的人格魅力。而现实中的茜茜在情感问题上则颇为坎坷,她与奥皇唯一的儿子、哈布斯堡王朝嫡传的皇太子鲁道夫于1889年殉情自杀,使得后来的斐迪南大公被替补为王位的继承人。这位有着杀戮癖好和极强占有欲的王储,在处理内政外交事务时种种激化矛盾的错误主张,有悖于鲁道夫已经展露的"共和民主"政见,从而失去了以相对和平的方式化解奥地利相关属地纠纷的最后机会,最终导致在萨拉热窝被刺杀。而鲁道夫的死,作为母亲的茜茜是有责任的,如果她对鲁道夫多一些关爱和理解,使他能够正常地接替王位,奥匈帝国的前景或许会有另一种走向。当然,这种"如果"今天看来已经毫无意义。与儿子多年情感上的疏离，使茜茜陷入了深深的自责，甚至在感情上她已被彻底击垮。

电影《茜茜公主》把一段脍炙人口的爱情故事交织在奥匈帝国社稷与时局处于动乱的大历史背景下，虽浪漫有余却缺乏必要的深刻，也许导演并不追求深刻，但松弛娱乐的底色与当时奥匈帝国的实际状况毕竟不符，反而还有了"隔江犹唱后庭花"般的粉饰与偏离。然而，影片以这样的面貌呈现却另有意图。对当时二战后欧洲普遍存在的沉重和低迷情绪，奥地利想以这种特殊的怀旧方式，重塑人民向往美好的信心，以消除战争的阴影。这不禁让我想起了眼前，经历了四年惨烈的波黑战争，萨拉热窝人会以什么样的态度抛弃梦魇，重造光明？这是一个敏感而又难以解答的问题。我看到了在鲜花背后那弹痕累累的墙体，圣心大教堂前用红漆象征的斑斑血迹……保留这些究竟是为了不忘仇恨还是珍爱和平？我无法确定。在历史上，萨拉热窝因不止一次地引燃战火而被称为"巴尔干火药桶"，这种角色还会延续下去吗？影片中茜茜说过一句话："光明总是与黑暗在一起,这样才能感到光明的可贵。"这好像是一种预设的提示,在这提示下,萨拉热窝注定是一座凄美的悲情城市,就像我在莫斯塔尔购买的一张CD,那是土耳其大提琴曲《最后一座桥》,悠扬而忧郁,听了就会放不下,但你的心情却始终无法明朗起来。

如何超越种族、信仰以及政治的樊笼,以一种具有审美的维度,去寻求精神层面的共存,或许是舔舐伤痛、消除隔阂的一种理想。在塞尔维亚,我曾抓拍了一个四口之家——一对青年夫妇怀抱着两个孩子,正面对自拍的手机露出灿烂的笑容——从摄影艺术的角度看,照片的效果应该令我满意,但我更在乎这花一般纯粹的笑容,这是今天巴尔干的笑容,是历经十几年休养生息后才得以绽放的,它应该是一种开始,而不是昙花一现,祈祷他们的未来永远与笑容为伴。

茜茜公主抚慰过巴尔干大地,瓦尔特保卫过萨拉热窝,而今天的萨拉热窝如同大病初愈,尚需要呵护和关爱,我们无法期待新的偶像,要实现这个目标只有一个前提,那就是和平。

普希金与阿尔巴特街

因为一本书，我知道了莫斯科有一条街，叫阿尔巴特街。雷巴科夫在写《阿尔巴特街的儿女们》时，把上个世纪三十年代苏联的社会生活，全都投射在了这条街上，于是，这本书沉重得就像一部历史。据说这在当时是与《日瓦戈医生》齐名的畅销书，被誉为"不打哑谜的历史画卷"。至于那条街道，在书中只是作为故事情节的背景出现，有关街道自身的话题，作品几乎完全没有涉及。我对阿尔巴特街的印象，是来自对它实地的真切感受。

阿尔巴特街是莫斯科一条古老的步行街，紧邻莫斯科河，相传是由早年的阿拉伯商队在此聚集而成，"阿尔巴特"就是由载货板车的俄语发音而来。行走其间,我常常把它与北京的琉璃厂相比较,同样是一条具有文化气息的街,两者给人的感觉却有着很大的差异,这倒不是因为两国的文化背景原本就不同,而是比起琉璃厂的静雅风格来,阿尔巴特街更容易给人以动感的活力和情绪的张扬,它会感染你,不由自主地与它融合在一起。

这是一条令人惬意的街,用石砖铺就的路面因岁月的洗磨而变得光滑洁净,富于特色的街灯把这里装点成十足的俄国风格,两旁古色古香的店铺多经营具有民族特点的工艺品和生活用品,兼有时尚的咖啡店夹在其中,以有条不紊的气氛,制造出一种难以察觉的波西米亚情调。

这里几乎天天成为莫斯科民间艺术的聚集地,有序排开的街头画廊除了向人们展示一幅幅水准颇高的油画、水彩、版画和素描外,画家的主要工作是为路人当场画像,这在欧洲城市的许多艺术街区常可见到。画师技法娴熟而又善解人意,每幅画完成之后既很像你又绝对比你本人好看。我曾因此求教于一位画师，他告诉我，他不会去美化你，但你的缺点他绝对不画，这就是秘诀。于是你的心情自然被这些画师所点化，宛如晴天。乐手们则是常常聚在街头和路旁的门洞，或组合或独自地演奏不同的乐器，使古老的街道时时被悠扬、跃动的旋律烘托着、弥漫着，如果你真的得到了情绪上的欢愉，尽可按质论价地在他们打开的琴盒里，扔上几个零币——我至今仍记得，在一个门洞前演奏大提琴的青年人真诚而迷离的目光，这目光分明是一扇窗子，可以一直看到心底。圣桑的《天鹅》不是被弓弦，而是被他的目光表达得浸人心脾，这使得他嵌在幽暗背景下的身影，如油画般定格在了我的记忆中；我也曾因看不清一个小乐队女吉他手、被倾泻而下的长发盖住的脸庞而遗憾，要知道，莫斯科姑娘的美丽也是一道风景，而她随着节奏抖动的身姿，使这风景又增加了一种韵律——只是一瞬，她终于抬起了头，棕色的长发很有弹性地向后甩去，我感到眼前划过了一道彩虹，这道彩虹是你在剧场永远也看不到的……

阿尔巴特街的艺术家们，就是这样把自己的才艺和活力展示给你，个体面对个体的对话与互动，令你兴致盎然，流连忘返。然而，我到阿尔巴特街来，还有一个更为重要的目的——寻找普希金。他曾在此留下了一生中极为重要的足迹，阿尔巴特街也因为这一印记而具有了更为深邃的人文内涵，让人不得不特别地去看待它、关注它，走近诗歌、走近文学、走近往事。

十九世纪三十年代的俄国，普遍洋溢着变革与抗争的情怀，浪漫主义、空想社会主义的理想在俄罗斯大地上滋生着、蔓延着。在这样一种社会环境下，深受十二月党人思想影响的普希金，以其代表的自由主义诗歌创作，开启了俄罗斯现代诗歌变革的先河，在当时产生着十分广泛的影响。此前，他就曾写出了抨击农奴制度、歌颂自由进步的诗作《自由颂》《致恰达耶夫》《茨冈》以及诗剧《鲍里斯·戈东诺夫》等，矛头直指沙皇政府。当时的俄罗斯文坛正处于阴郁、昏暗的时期，既带有某种希望，却又变幻不定，在这苦闷的前夜，普希金以其少有的乐观主义创作，肩负起了唤醒民众的使命和

职责。他在《乡村》一诗中这样写道:

> 喔,愿我的呼吁能唤起良知。
> 假如没有《先知》那份天才,
> 为什么愤怒之火会在心头燃起?
> 朋友,我将看到人民解放之时,
> 看到沙皇废除农奴制之日,
> 看到黎明的曙光,
> 在独立的国土上升起。

这些具有警醒意味的诗作得罪了皇室,普希金也因此被亚历山大一世流放和监视。

随着十二月党人运动的挫败,莫斯科取代了圣彼得堡成为俄国精神生活的中心。许多有抱负的文化人经常在此交往、聚会。普希金生前曾多次到莫斯科来,但他在市里却没有自己固定的住宅,常常下榻在旅馆或者是朋友的家里。只有一次他在莫斯科租用了几个月的房子作为家用,这幢房子就在阿尔巴特街上的53号,一座普通的有着淡蓝色墙体的两层小楼。具有特别意义的是，普希金的婚礼就是在这幢小楼二层的一套居室内举行的。在此之前，他照例在这里为朋友们举办了婚前宴，一种同单身汉生活告别的仪式性晚会。据说晚宴上的普希金郁郁寡欢，仿佛在幸福即将到来的时刻，对自己的未来预感到一种莫名的不安和忐忑——他既向往温馨的、成双成对的家庭生活，又对即将结束自己放任不羁的自由生活而感到烦恼，这种矛盾心理甚至也反映在了他笔下的人物奥涅金身上。一个放荡的灵魂为此而彷徨不定。1831年2月18日，在举行了教会仪式后，普希金把自己的妻子，人称作俄国第一美人的纳塔利亚·冈察洛娃接到了这里。面对美丽多情的新娘，普希金把所有的不愉快暂时忘却了。他在给友人普列特涅夫的信中这样写道："我已结婚，十分幸福。我唯一的希望就是永远这样生活下去，因为这种生活不能再好了。我的生活十分新鲜，似乎完全是另一个世界。"可见诗人对这次婚姻的珍惜和满足。其实，在此之前诗人就曾写过一首题为《圣母》的十四行诗，对他的未婚妻给与了无与伦比的赞美。诗中这样写道：

> 我的万千心愿都满足了。
> 啊，是上苍把你恩赐给我；
> 你啊，我的圣母，
> 你是最纯净的美之最纯净的形象。

据说，拉斐尔所画的圣母和冈察洛娃简直像两颗水珠一样没有区别。

关于阿尔巴特街上的那所新房，法国作家亨利·特罗亚在《普希金传》中有过这样的描述："新婚夫妇在莫斯科的阿尔巴特街上租了一套住宅，正巧在希特罗夫家的二楼。客厅的地毯颜色奇特，是仿紫天鹅绒色，并饰有凸起的花朵。所有的门上都有哥特式雕刻，细陶瓷方砖砌成的壁炉一直高过屋顶，家具都十分考究……"和所有新婚夫妇一样，普希金的蜜月过得很愉快。

三个月后，普希金夫妇离开这所房子前往皇村。阿尔巴特街上的这幢居所，也就成为普希金一生中幸福和美好的象征。然而在彼得堡莫伊卡滨河街上的一处公寓，则成为普希金生命中最后的也是最悲哀的终点。普希金的隐忧终被印证，冈察洛娃对诗歌毫无兴趣，始终无法成为他希望的亲密知音，而她与法国军官丹特斯的暧昧关系，使普希金陷入一系列人际交往的龃龉中，忍无可忍的他最终决定挑战这个情敌。决斗之后，身受重伤的普希金在这里经受了两昼夜的痛苦，于1837年2月10日孤寂地去世，年仅38岁。我曾到过莫伊卡滨河街上的普希金公寓，书房的时钟仍停留在诗人去世的时刻——2点45分。俄国诗人费奥多尔·丘特切夫在普希金死后写道："俄罗斯将永远记住你，俄国的首爱！"

阿尔巴特街53号小楼，在1986年被开辟为普希金故居博物馆，修复师们做了大量的工作，使之恢复了原貌。沿街的一块铜牌上镌刻着"亚历山大·谢尔盖耶维奇·普希金于1831年2月初至5月中在此居住"。它以见证人的姿态矜持地矗立在街旁，以其处乱不惊的淡定，隐匿着旧时的岁月底蕴。我几乎是带着虔敬的心情踏进了这座博物馆，一楼是陈列的文学展览"普希金与莫斯科",展出着一些普希金当年在莫斯科时与友人、家人交往的照片,以及书稿、手迹资料和遗物等,墙上挂有一些绘画作品,以风景和肖像画为主,据说普希金酷爱美术,并有颇高的绘画天赋。沿木质楼梯而上,二楼就是他结婚时的居所,有客厅、书房和卧室。房间的装饰依然考究,但一切陈设都很简单、平常,保留着原来的格局。毕竟,普希金只在这里生活了几个月,无法留下更多的遗存和印迹,以致房间略显冷清、空荡。对于一条具有几百年历史的老街来说,三个月的驻足者,不过是一个可以忽略的匆匆过客,然而这位过客却把一生少有的经典时光,永久地点缀在了这里。此刻,我感到的是沉静,一种静态中回望历史的沉静。而当你想到这个环境中曾经的主人,又会心生感慨,这里似乎已经不是简单的可供栖息的居所,而是升华为一席可以沉淀生命的精神空间,你幸运地在浏览中得了一次不可预设的心灵净化。

也许是因为普希金灵魂的笼罩,今天的阿尔巴特街也被浓浓的诗歌气氛所浸润着。诗人们常常聚在这里,面向众人朗读自己的诗作，作品中以展示个人抱负的政治抒情诗居多，因而朗读者的情绪也常常显得慷慨而激越，甚至可以演变成一场争论。在不同的场合朗读诗歌，可以说是俄罗斯人的一个传统，普希金也不例外，他曾在一次朋友家的聚会上朗读过诗作《鲍里斯·戈东诺夫》，当时的报界人士波戈金这样记述了那次朗诵会："……诗终于读完了，先是一片寂静，然后是一片掌声。我们相互注视，然后涌向普希金。数不清的拥抱、笑声、叫声、眼泪和恭维话连成一片。香槟酒送来了，普希金看到他的诗歌能被那么多有文化的年轻人所理解，无比激动……那天夜里很少有人能入睡，因为我们的肌体被他的诗歌所震撼。"虽然只是把文字转化成语言，但富于韵味和情感的抑扬顿挫，是诗人对自己作品最纯粹、最完美的诠释，也使诗歌更加接近于自己的本质。一篇篇作品就是在这充满激情的朗读中被表现得淋漓尽致。其实，诗歌也是一种思维，只是借助了意象与韵律的外衣，破解这种思维需要天赋、灵犀和想象力。展示自己不同状态的思维和志向，曾使阿尔巴特街成为全莫斯科最敏锐、最具思想活力的地方，因而被誉为"莫斯科的精灵"。于是，我又想到雷巴科夫的《阿尔巴特街的儿女们》，它真实再现了一个不能有自己思想意志的特殊年代。然而历史的脚步终将掩埋下荒谬，给真理以出路。也许作家正是预感并坚信着这一逻辑，所以才在书的结尾这样果决地写道："如果命运假我以岁月，我希望把故事讲到1956年，讲到第十二次代表大会，那时给成千上万无辜的人恢复了生命，而给那些已经无法恢复生命的人恢复了声誉。"这与普希金《乡村》一诗中的情怀，何其相似。曾经有过的世态云烟，被人们在历史的进程中渐渐推远，而灵魂尚需在期待中脱胎换骨，以阻隔曾经的梦魇。被封存的，永远是已经逝去的悲苦往事。

一条街道，包含着自身的岁月痕迹和被文学演绎出来的深刻，给人的感受自然是立体而丰富的。正如俄罗斯弹唱诗人阿古扎耶夫表达的："阿尔巴特，你是我的阿尔巴特，你既是我的欢乐，你亦是我的哀愁。"这复杂而多重的情愫比之单一的情感体验给人带来的印象，永远要强烈、深刻得多。阿尔巴特街无疑是莫斯科乃至俄罗斯的一个亮点，复合着俄罗斯民族性格和智慧的火花；但它又是孤独的，因为在莫斯科如此具有活力的地方还太少，以至有一种突兀出来的另类感觉。这一点又不如北京的琉璃厂，那么使人感到日常、亲切而又从容不迫。

1999年，一座普希金与冈察洛娃并立的雕像竖立在了阿尔巴特街53号对面，成为这座小楼乃至街道最鲜明、最具代表性的标志。而诗人的灵魂基因，还将在这条街的石板路上惯性地行走着，以延续他与众不同的个性和品格。

霍乱时期的蜕变
——普希金的"波尔金诺之秋"

1830年9月初,普希金离开莫斯科前往波尔金诺料理叔父的后事,那里是他父亲的领地,有一座属于家族的庄园。此时,其所在的下诺夫哥罗德地区已经流行起霍乱,这是一种与鼠疫一样凶险的病毒,从欧洲一路弥漫而来。路客和商人开始纷纷逃离,此时的普希金是一个不折不扣的逆行者。曾有人劝他尽快离开这里返回莫斯科,然而,几个月来与未婚妻家人因为婚事产生的交恶和龃龉,已使他身心疲惫,他几乎是以逃离的姿态奔向疫区,如同明知未来的婚姻不值得过分期待,而仍然飞蛾扑火一般,毅然决然。虽然波尔金诺是个贫穷甚至有些丑陋的村庄，但和想起来就令人厌烦的莫斯科相比，反让普希金感到了心情的松弛和愉快。他需要这浓云散乱的天空、广袤辽阔的视野和寂寞安静的环境。

不久，霍乱疫情便蔓延至莫斯科，普希金收到了未婚妻冈察洛娃的信，催促他尽快返回。而此时回莫斯科的路途已变得异常艰难——进入莫斯科要经历五个封锁区，在每个封锁区都要停留14天观察，这对于普希金来说，无异于一种折磨。而事实是，在第一道封锁区检察官就没有放他通过。于是，他滞留在了波尔金诺。然而这种被动的隔离似乎是普希金求之不得的，不仅可以让他冷静地反思这场婚姻的意义，更重要的，是给了他进行久违了的创作以心境和时间。逃离了负累和烦恼，他属于诗歌的灵魂得以回归。他在给友人普列特涅夫的信中写道："现在，忧郁的情绪已经消散，我要休息一下了。在我周围是不治之症，霍乱流行……它随时都可能侵扰波尔金诺村，把我们全村人全部吃掉……你可能无法想象，我离开未婚妻来这里写诗是何等快活……这个小村庄多么美妙呀！草地，除了草地还是草地，四周没有人迹。你要是高兴，可以骑马在草原上奔驰，也可以坐在家里写文章，想写多久就写多久，没有人来打搅，没有人来捣乱，我什么都可以写，诗歌、散文……"走出精神的囹圄，自由的美丽让他无法抗拒。

关于普希金在波尔金诺的情况，法国作家亨利·特罗亚在他的《普希金传》第七部第三章中有较详细的记述，其中涉及普希金这一时期的灵感状态，书中是这样表述的："在那一刻，普希金对时间和空间都十分欣赏。他手下是一张白纸，他就在这张纸头上写起诗来。他从来没有像现在这样文思如泉，周身的细胞都在歌唱。他似乎是某种特异力量的中心，他一动弹就会使世界发颤。"这段描写并结合上面的书信，我们可以判断，此时的普希金已完全进入了创作的最佳状态。

事实也确实如此，考察普希金的文学历程，在波尔金诺的三个月，是其创作的最重要时期，它之于普希金的意义和价值，甚至超过了梅利霍沃之于契诃夫。很多代表性作品多是在这一时期完成的，其中就包括《叶甫盖尼·奥涅金》的最后两章。其实这两章在他来波尔金诺之前就已经动笔，只是在波尔金诺进行修改和最后定稿。这部诗体小说共分三部九章，除了后来将原来第八章"奥涅金的旅行"改为"奥涅金给达吉亚娜的信"外，其余的主要章节，都保持了波尔金诺定稿时的原貌。普希金曾计划写第十章，内容是描写奥涅金与十二月党人的交往情形，但考虑到时局的险峻，他最终选择了放弃。

《叶甫盖尼·奥涅金》的完成，不只是一部巨作的收官，还成为普希金以自由精神为主导的浪漫主义创作向现实主义转型的标志，从他开始选择用纪实的叙事体进行写作，这种指向就已然清晰。主人公奥涅金出身贵族，他"生活过并思考过"进而厌恶人生，是一个游离于十二月党人和花花公子之间、语言大于行动的"多余人"形象——这是俄国文学史上第一个"多余人"，普希金也因此而成为了俄罗斯批判现实主义文学的奠基者。在人物塑造上，奥涅金以及达吉亚娜的形象栩栩如生，率先成为普希金笔下真实环境中的真实人物，从而褪去了浪漫和虚幻的痕迹。这种蜕变自然有作者人生阅历和世界观发生变化的影响,然而波尔金诺凄凉单调却又朴实本真的景象,也潜在地启示并催化他采用更加严谨的手法和严肃的主题进行创作。过去诗人不屑表现的平凡事物,现在他已觉得有义务有责任去表达,哪怕是一棵歪脖树、一洼积水坑,因为那里有纯洁的美。他重新确立的创作宗旨是:只要善于发现,任何事物都可以成为艺术的描写对象。波尔金诺的滞留,使他积蓄了转型的心理储备,成为了促使其风格变化的关键。

完成了《叶甫盖尼·奥涅金》,他的创作欲望被彻底激活,之后陆续创作了四部小悲剧、若干短篇小说和几十首诗歌。小悲剧都是"骤变式"结构,情节场面高度概括,没有次要人物和多余情节,格局浓缩到不能再浓缩的程度。每篇剧本都有特定的历史时期和环境背景。此刻他虽身陷疫区,但自由的灵感却在无限的空间和时间里遨游——中世纪的《吝啬的骑士》、现代题材的《莫扎特和萨列里》、英国环境下的《瘟疫流行时的宴会》和西班牙背景中的《石客》,剧中人物则多为生活放荡、碌碌无为却又酷爱自由的花花公子,持续叠加着"多余人"的形象特质。这些故事和人物都不同程度地带有普希金自身生活和性情的影子，他穿梭在不同角色之间，旨在用作品回顾和反思自己的过去，以调整未来的人生坐标。

值得注意的是，四部小悲剧的主题无一例外都是死亡，在今天的情境下，我们或许更为关注《瘟疫流行时的宴会》，在结构上它是《石客》的续篇，作品通过那些无忧无虑快活人的笑声和歌声，来掩饰城里成千上万面对死亡者的叹息。这是一部普希金根据自己切身处境写出的悲剧——瘟疫包围着波尔金诺庄园，每时每刻疫情都可能夺走农民和仆人的生命，普希金感到自己似乎已经来到了生命的尽头。面对危险，他做出了自己的选择："我走我的路，就好像走向决斗场那样。"他把这种勇敢、沉着和毅然贴切地融进了剧中的人物性格：

> 一位英俊的陌生人吸引着我们，
> 奔向战斗，向着深渊的边缘走去。
> 在汹涌澎湃的海洋，

在迷雾和浪花里，

在狂风卷起的狂沙里，

在瘟疫的喘息声里……

一切会导致死亡的东西，

都能在我这死亡的心灵里，

唤起那难以描绘的快意。

这一时期，由于普希金确立了以叙述、纪实为主的表现手段，使得他小说创作也呈现出丰收状态，数量甚至超过了诗歌，这种变化是他创作观念转型在体裁选择上的自然结果。他的小说形态为典型的普希金式散文体，叙事与抒情同构，粗放与细腻并存，语言则是幽默风趣，这与他诗体剧本的风格如出一辙。他从不向读者介绍作品中的人物，而是让他们在故事的进程中自然成长，这正是现实主义文学塑造人物的特点。其中著名的作品有《射击》《暴风雪》《驿站长》等。

为了避免以往受到的攻击，普希金这一时期的小说用的是"别尔金"笔名，不过这一伎俩还是被识破，他仍旧遭到了布尔加林的批评。普希金作品中的思想深度和人物刻画的深刻性在当时还无法让人接受，他们更习惯于颓废的古典派风格和浪漫主义作品。直至后来，人们才发现那些作品所具有的特殊价值和丰富内涵。以《别尔金小说集》为代表的小说创作，奠定并巩固了普希金现实主义的创作风格，一些平庸的、没有文化的、令人可怜的小人物成为作品的主角，从而诠释了他"任何一个主题都可以写成一部艺术作品"的创作理念，这对后来果戈里、陀思妥耶夫斯基、屠格涅夫等人的文学创作产生了重要影响。托尔斯泰在1874年曾说过："您很早以前就读过普希金的散文体作品吧？为了我的友谊，请再读一遍他的《别尔金小说集》吧。所有的作家都应深入研究一下这部作品。"

纵览普希金这个时期的创作，有一个值得我们关注的现象，即不论叙事诗、戏剧还是小说，决斗的场面总是频繁出现，《叶甫盖尼·奥涅金》中有，《石客》和《射击》中也有，这使得他的才华和激情始终被一种戾气伴随着，这或许源于其性情中的挑战本能，却也仿佛成为了普希金最终死于决斗的结局预设和性格铺垫——这是他命运中注定的必然归宿？结论并不确定，只能作为一种推理和猜测搁置于对普希金一生的研究和评判中。

在波尔金诺的三个月，普希金还创作约30首诗歌和一篇用八行体形式写成的诗体小说《科洛姆纳的小屋》，这部作品同样以普通、滑稽的小人物作为主角，用其擅长的日常巧遇作为情节线索，同时穿插了许多真实生动的细节描写。它预示了普希金在开拓创作视野方面所做的大胆尝试。而诗歌作品虽然数量不多，却依然延续了他抒情的本色，表现了普希金在时下境况中的忧虑、思索和希望，可以说是一种用韵文写成的私人日记，成为考察他当时思想状态的重要依据。它们与上述提到的作品一起，构成了波尔金诺时期普希金在统一原则指导下的创作追求。此时此刻，被霍乱包围的波尔金诺，成为了普希金生命的避风港，他不仅实现了文学风格的蜕变，也铸就了他一生创作的核心价值，形成诗一般灿烂的"波尔金诺之秋"，在他不长的文学生涯中具有里程碑意义。而这一切不可思议的是在疫情中完成的。同时他也在此思考着自己的人生和未来，甚至用诗歌写好了遗嘱，这当然不是真实意义上的遗嘱，而是作为一种告别以往、洗心革面的见证。"他应该把自己的回忆全部写出来。童年和青年时代，爱情和流放生活，过去的一切都应写出来，作为新生活开始之前的证明。现在，他说出了自己心底的秘密，感到轻松了许多。现在他可以变成另外一个人了，一个丈夫，一个家长。"（《普希金传》）

躯体状态的相对静止，反而使精神和智慧疾步前行，这种反向的逻辑关系，也许正是普希金在非常时期给予我们的一种启示，它很辩证，而且深邃。

基辅一家人

这些天，俄乌的战事引起了全世界的关注，俄军从几路迫近乌克兰的首都基辅，乌政府已向市民发放枪支，以备几乎不可避免的巷战。同时大量的基辅市民开始撤离，从电视中看，通往波兰边境的人流车流已经排起了长队。在这严峻事态下，一个中断联系三十年的乌克兰家庭，重被我牵挂起来，这就是玛利娅一家。他们现在境况如何，还安全吗？

和玛利娅一家的相识纯属偶然。1990年初夏，当时苏联尚未解体，妻子在莫斯科普希金俄语学院学习，那年六月，我办好赴苏手续来到莫斯科，准备利用她的假期做一次苏联境内的旅行。我们选择的第一站，就是当时加盟共和国乌克兰的首都基辅。妻子有学生证，可与苏联公民同等待遇，而我作为外国人则须办理通行证，并按外国人的标准和费用乘坐交通工具。为减少麻烦和节约开支，我们决定乘坐普通列车去基辅，关键是混在苏联人中，不要暴露我这个外国人的身份。

苏联的火车车厢除了通常的横排铺位外，在过道的位置也设有竖排铺位，因此车厢十分拥挤。我们的邻座是一对年轻的乌克兰夫妇，带有一个约三四岁的女孩。因他们的铺位不在一个隔断，为了便于照顾孩子，提出与我们调换一个位置，我们当然同意，在表示了谢意后，便各自安顿休息，一夜无话。

天亮时列车已进入乌克兰境内，想到不会再有抽查签证的风险，我们便和那对夫妇闲谈起来。夫妇两人都是小学教师，基辅人，孩子的妈妈叫玛利娅，孩子因受切尔诺贝利核泄漏事故的影响患有疾病，没有语言能力，只会咿咿呀呀地发声，且时常会烦躁吵闹。他们去莫斯科就是带她看病。玛利娅的丈夫身材魁梧，很有男人气质，据说曾是苏联青少年摔跤冠军，在学校是体育老师。与阳刚外表形成反差的是他性格憨厚内向，不善言辞。我记不得他叫什么了，只因当时看他有些像拳王阿里，私下便称他为"阿里"。玛利娅知道我们是中国人时有些诧异，问我们去基辅的事由。我们回答后顺带拿出准备联系的关系人地址，请她指点一下寻找的途径。她看了说这个地方不太好找，问我们是否提前联系过。我们说没有，只是去碰碰运气。她知道我们住宿还没着落时，便毫不犹豫地要我们先到她家去住，如果联系不上可以就住在她家。这虽然让我们有些意外，却免去了后顾之忧，于是便答应了。玛利娅开始兴奋起来，话也越来越多，好像我们是相识已久的老朋友。

玛利娅的家是一座普通居民楼的两居室，房间不大，木地板，花纹壁纸，陈设很温馨。玛利娅的妹妹和男友恰好在此，我们的到来让她颇感惊讶，有些不知所措。玛利娅说明了情况后，她便开始为我们做午餐。这是位漂亮的乌克兰姑娘，身材高挑，看上去与玛利娅一样热情爽快，她的男友则较为腼腆，话很少，略显稚气的大眼睛看来看去，像个羞涩的男孩。

就这样，我们在玛利娅家住了下来，他们把一间大屋让给我们，自己则和孩子挤到了小屋，这让我们很过意不去，提出要交换一下，但玛利娅执意如此，也只好客随主便了。时值暑假，他们夫妇正好可以轮流陪我们游玩，几乎不再提找关系人的事，我们则随遇而安，也放弃了联系的念头。事实证明他们是很不错的导游，基辅的主要景点我们大概都走到了，兴致高时夫妇两人会一起陪我们出行，把孩子独自锁在家中，毫不在意，可见乌克兰人随性豁达的性格。

到基辅的第二天，我们参观了卫国战争纪念馆，它位于第聂伯河的右岸，是一组威严的建筑浮雕群，记录了乌克兰人在二战中的不朽功勋。其中高大的"祖国——母亲"雕像是基辅的标志性建筑。"母亲"的左手高举盾牌，右手高举剑，十分醒目地屹立在第聂伯河畔，象征着人民不屈的意志。而不远处的金门则是基辅的一处重要古迹，建于11世纪，是保留完好的雅罗斯拉夫大公时代的建筑。它是古基辅城的正门，门扇和门楼上的教堂式圆顶装饰有镀金的铜箔，故称"金门"，除去交通要道的作用外，还兼有防御功能。金门附近有座造型很具艺术性的纪念碑，是为纪念基辅建城1500周年而建，主体是一艘船，上面站着四兄妹。相传在公元5世纪，基、谢克、哈里夫三兄弟和他们的妹妹别齐顺流漂泊而至，在第聂伯河右岸建立了城市，并以大哥"基"的名字命名，故称为"基辅"。三兄弟手持弓箭和长矛并排立于船身，有着开创者的雄健，妹妹则站在船头遥望远方，预示着对辉煌未来的向往。与其说它是纪念碑，不如说它是一件精美的雕塑作品，一切与艺术结合，是苏联人很擅长的营造理念。

和许多欧洲城市一样，基辅有着众多的教堂和修道院，圣索菲亚大教堂是最具有代表性的。但要说与众不同，则属彼切尔洞窟修道院。它建于1051年，由两条洞穴组成。最早是作为修道士、教士死后尸体的存放处，由于洞穴内特殊的空气环境，这些尸体自然风干后成为了木乃伊。我们手持一根细长的蜡烛，从修道院的小门沿狭窄向下的通道进入，洞窟内没有灯，全靠蜡烛照亮。通道的两边墙体排放着东正教神职人员的棺柩，有些木乃伊的手露在棺柩的外边，黑瘪枯干，在昏暗摇曳的烛光中阴森逼人。我从未如此近距离地接触干尸，不禁毛骨悚然。木乃伊的留存被认为是一个奇迹，人们宁愿相信这是神的力量的体现，修道院也因此名声远播。

与令人窒息的洞窟修道院不同，基辅的民俗村则让人心旷神怡。它位于城郊开阔的皮络戈夫村，近 300 座中世纪古老的乡村建筑，都是从乌克兰各州原封不动移运过来的，有民居、教堂、粮仓、水磨房以及水井、风车等，是一座露天的民俗博物馆。这里的工作人员全是民间打扮，有的在用民族乐器弹唱民谣，有的则向人们展示 16—17 世纪农民所用的家什、服饰、餐具等，还有老式马车行走在小路，点缀出中世纪的乡间情调。那天天气晴朗，蓝蓝的天空飘浮着大朵白云，与绿色的原野和古朴的教堂、木屋相互映衬，营造了一幅广阔的田园画卷，特别是那巨大的风车，让我想到了塞万提斯笔下的堂吉诃德……

在基辅的日子里，我们和玛利娅夫妇吃住行在一起,形影不离,甚至玛利娅的弟弟、弟媳从立陶宛的维尔纽斯来基辅,也要我们一起去接站。大家在站台上交谈、留影,仿佛真的是一家人。玛利娅见人就开玩笑说自己正在从事苏中友好工作。有天晚上,她带我们去参加一个朋友的家庭聚会,在场的都是年轻人,气氛热闹。由于语言的障碍我一时难以融入,显得有些冷落,这时一个男青年提了一架四喇叭录音机来给我看,竟是中国产的,牌子在国内并不稀罕,但在当时的苏联,却是一件奢侈品,我知道他只是想找一个话题,消除一些我当时的无聊和尴尬。放入磁带后,录音机里飘浮出乌克兰风格的音乐,在兴致盎然的房间里回荡着。这一晚是乌克兰式的。

在这个家里"主政"的是玛利娅,她为人热情开朗、行事果断,"阿里"则是寡言少语,但却善解人意。有时孩子吵闹,玛利娅通常是管教斥责,而"阿里"却是温和哄慰,性格差异可见一斑。一次她在家里招待邻居,其实真正的意图,是为我们安排一个小聚餐。玛利娅做的蒜汁黄油面包片给我留下深刻印象,我还是第一次接触这种做法。只是她拿出的一瓶白酒，令我和邻居难以下咽，这让她有些不解，自己尝了一口后便做出夸张的表情，一看商品标注，竟有90度，几乎是在喝酒精了。

我们计划中的下一个目的地是乌克兰南部城市敖德萨，去领略一下黑海风光。玛利娅一家则准备去乡下她母亲家度假，她邀请我们一起去，这原本是一个体验乌克兰乡村生活的好机会，但考虑到后面的旅程，只能放弃了，这意味着我们将要分别。

一天傍晚，我们在一个地铁站台与玛利娅告别。她要回去照顾孩子，委托"阿里"送我们上火车。她有些伤感，说话时总把目光低下，几乎不看我们的眼睛。我们也是依依不舍，几天来我切身体会到了玛利娅一家的真诚与善良，解体前的苏联经济萧条，物资贫乏。他们只是一个并不富裕的普通家庭，却对我们倾情招待，不索取任何回报，仅仅因为我们与她调换过一个铺位。或许，这是上天赐给我们的缘分。走出一段距离，我不由得回头看玛利娅，她依旧站在熙熙攘攘的人流中，目送着我们。

遗憾的是,那天晚上去敖德萨的车票已经售完,我们无法成行。"阿里"再次建议我们一起去乡下,而此时我们已不忍再打扰他们,于是决定买去莫斯科的车票,返回莫斯科。在站台候车时,我拿出随身携带的物品送给"阿里"——一瓶白酒、一盒北京蜂王浆,以及指甲刀、清凉油等。这些东西对国内人来说很微薄,但对当时萧条中的苏联还算贵重,最重要的,这是当时我们唯一可以表达谢意的方式了。"阿里"对蜂王浆更感兴趣,就着站台的灯光仔细看英文说明,然后欣慰地说回去给孩子喝,对她的病会有帮助,慈父之情溢于言表。

火车进站,我们登上车厢。"阿里"在站台上等候着,那副平静的神态我们已然很熟悉。车缓缓开动,他向我们招手告别,之后便移出了我们的视线,想到今后不知是否还有机会再见,心中不禁涌起一阵酸楚。基辅是个美丽的城市,我们固然领略了不少名胜风光,但我感到此行最为珍贵的收获,是结识了玛利娅一家。

回国后，我们在一段时间内与玛利娅保持着通信联系，但随着时间的推移，这种联系在不知不觉中中断了，之后便再也没有了他们的消息。此次俄乌交战，玛利娅一家的安危，越来越让我们牵挂担忧，他们现在应该都是老人了，这种严酷的环境他们承受得了吗？记得在基辅时，曾看过一处被保存的二战遗址，是一处被炸毁的教堂残骸，目的是让人们不忘历史，珍爱和平。随着俄乌战事的不断升级，基辅会再添一处新的战争遗址吗？但愿不是这样。

旅途随笔
——想起了亚斯纳亚·波良纳

列车在穿越欧亚的线路上向东行驶,我们于暮色中渡过了伏尔加河。车厢不时被窗外说不清的光亮闪烁着,如袭来的一波波夜的潮汐。我透过车窗向外眺望,波光粼粼的河面上,依稀有船在游弋,河边昏暗的树影中有篝火在燃着,接下来便是联想中手风琴的旋律,抑或是柴可夫斯基的《六月·船歌》?我觉得这旋律在古老的河道上,已经悠扬了许久,以至我无法分辨眼前的景象是现实还是臆造。

布宁问:"这是一场梦呓,还是酷似梦境的神秘的夜生活?"

夜，深邃无垠。也许有带电的云层在聚集着，阴郁的天空闪电划过，在与地平线的接壤处向下滑落，大地被逆光反衬，像一个神秘的魅影在蛰伏着。这景象让人心悸。只是在车轮碾压铁轨的铿锵声中，我全然听不见窗外的任何声音。

我来到包厢外，在两节车厢的衔接处看到俄罗斯女乘务员在吸烟。她总是以一种古板而警惕的眼光审视所有人（此刻她正用这样的目光在注视我），但愿在本次旅途结束前，我能习惯这种神情。

颇为刺鼻的烟雾在我面前变化着莫测的形状，软化着脚下钢铁摩擦的节奏。它似乎正与窗外的雾气贯通起来，如灵感填满着我的大脑——这迷蒙的夜色，神如游丝，恰可走笔：

无星之夜
思想疲倦得像一个
　夜行者
罗盘失去了磁场

火鸟鼓翼

向着天边一抹

　绚丽的昏眩

灵魂如地火般的热烈

闪电，一种类似咒语的斥责

尽管安魂曲在黎明前

已然奏起

总有灵魂

　终将不死

…………

　　不死的灵魂是有底蕴的，也许死时越超然，其灵魂便越活跃。如果说音乐家是以时间为排序进行营造，以声音探索生命的永恒和灵魂的本质，那么诗人则依靠的是心智，他们以创造内心无边的宇宙，来展示一种无终止的艺术境界。普希金曾认为自己的死不重要，重要的是他将以自己的作品来证明精神的不朽。就是这块辽阔的土地，有多少不死的灵魂在衬托着死魂灵的卑微，从而给崇拜者以希冀和寄托。偶像的存在本身就是一种信仰。亚斯纳亚·波良纳的原野中，就有一位一生都在注解俄罗斯苦难心灵的人，他以自己及其简约的安葬预示着精神生命的并未终结。因为从童年时起，他的长兄尼古拉就曾告诉他这里埋着一柄"绿杖"，上面写着各种秘密，谁找到它，就可知道人类如何才能获得幸福。这种诱惑力无疑是巨大的，最终焕发出一个超凡而不朽的天才，他倾注了一生的精力来探求这个秘密。当然，他最终没有也不可能找到那柄"绿杖"，于是所有灵魂与肉体的自白，都笼罩于"绿杖"的谜底，化为一种没有偶像的宗教。

这是托尔斯泰的安息地，一如绿杖的神秘，悄无声响。一具如埋葬仆人用的棺柩，一个没有花环与墓碑的坟茔，他正像一个疲惫的旅人小憩于客店，不愿意为毫无意义的虚荣而做无谓的铺张——似乎他会随时起身，去继续他未尽的旅程。墓地位于长满草木的冲沟边缘，这正是他幼年与兄弟们一起玩耍的地方。托尔斯泰是个极为感性的人，对土地有一种强烈的爱，他本能地眷恋着世俗的生活，他希望贫民化并且和劳动融为一体。"凡崇拜高尚者的人，骄傲就会从他心中消失，正如火光会在阳光下黯然失色一样。凡心地纯洁、没有傲气的人，必性情温和，坚定而淳朴，他会把每一个生命都视为自己的伙伴，他爱每一颗灵魂如同爱自己的一样。"（《生活之路》）他追求的，是一种最后的极端式的完美状态——人只是宇宙生命的一部分，就这一点而言，人性与神性相交合，因而生死没有截然的界线。托尔斯泰本质上与陀思妥耶夫斯基一样，是一个形而上学者，只是没有后者那么浓厚的宗教色彩。对他来讲，真实就在于自然和无意识，越是自然的东西，就越与我们生命的本质相一致，就越能唤起人们至深的情感。

面对托尔斯泰的坟冢，茨威格感叹道："这是世界上最富于诗意、最感人、最使人倾心的坟墓。"这是一种心灵化的确信，是毫不矫饰的由衷之言。托尔斯泰自己则说："没有我的亚斯纳亚·波良纳，我就难以设想俄国，难以设想我对俄国的态度。"大自然使他感到满足并从中获得智慧，他不是诗人，他没有任何灵感闪现的不可复制性所给予的快感,他那文学家的脚步总是迈得那么沉重和坚实,并以这种姿态告诉人们,他的跋涉永无止境。

我曾在雨雾中走在波良纳庄园的小径上,聆听雨水打在树叶上的声音,在空灵而清冽的气息中寻找他烟斗散发的味道。这片土地的每一寸阡陌,似乎都渗透着文豪思想的甘露和灵魂的落英,每一脚泥泞,或许都会发现些什么。我感慨这极其辽阔的庄园必然对应着一个大格局的头脑,从而构想出鸿篇巨制。俄罗斯人善于思考,他们总喜欢提出哲学性质的问题进而树立起自己的职责。比如关于生活的意义,关于上帝,关于永恒的生命,关于罪恶和非正义,等等。因为俄国人有一种固有的比意识更加敏锐的感觉,那就是他们特殊的使命感。恰达耶夫就说:"我们不是人类大家庭中的成员。我们既不属于西方,也不属于东方。我们既没有西方的传统,也没有东方的传统,当我们站在时代之外时,我们不可能被人类的世界性教育所触动。"这种具有典型性的俄罗斯本位思想,最终导致了这样一种意识:俄罗斯的道路是特殊的道路，俄罗斯是罕见的东西方之结合，俄罗斯民族有着自己特殊的价值观和文化内涵，这或许恰当确定了俄罗斯在当时世界历史格局中的位置。然而哲学从来不会给俄国人带来什么快乐，更多的只是苦闷和彷徨，这是他们命运中与生俱来的宿命，它纠缠着俄罗斯人，始终不能解脱。认识到了这一点，我们也就不会因为托尔斯泰所表现出目的的崇高以及在崇高背后蕴藏的巨大痛苦而感到困惑了。

在庄园静谧的小径旁，有一张原木长椅，托尔斯泰生前常坐在这里小憩、思考，今天，在细雨纷扬中，长椅如同追忆一般孤寂着。主人沉重的身影已带着缄默悄然退去，然而关于人性与人道的话题依旧被世间继续着，这是一个不朽者留给世界的启示，我们应该听懂并理解这种缄默——生活的含义就在于一点，把灵魂越来越多地从肉体中解放出来，使之与其他生命，与万物的本源相结合——这是一种等同于宗教的精神主张。那么，他升华的背后，究竟属于欢乐还是属于痛苦？此刻，列车正在颤抖与呼啸中驶过欧亚分界线，刹那间，这古老帝国的双重性被这一刻锁定。我终于感受到了一个连接点,也许人类本不需要什么启迪神明的绿杖,但人类同样也没有勇气去断言这柄绿杖的无意义,因为我们还没有具备足够的洞见和智慧。

列车经过一座城市,车速开始慢了下来,但并没有停靠。我微微抬起一些窗子,一阵清凉掠过,令人惬意。下面有街灯亮着,橘红色的灯光伴着轻风摇曳着半掩的窗帘。我似乎又听见了《巩巴达》强烈的节奏——这个节奏在今年的莫斯科随处可闻,夜瞬间被搅动得不安和骚动。站台上有一些黑影在游荡着,这是随时准备停车进行交易的人。也许此时他们正为本次列车的不停靠而感到沮丧。

汽笛长鸣,列车又开始加速。为灵魂而生活,四海一家,这就是托尔斯泰的意志。此刻正夜色迷离……

一壁丹青自醉眸
——秋访京西法海寺

在我社出版的众多图书中,有一本几乎被我淡忘了,那就是于2004年出版的图集《法海寺壁画》。近些年来,随着法海寺的名声越来越大,这本书便重新纳入了我的视野。老实讲,在此之前,我并不知道北京有座法海寺,当编辑把图集送到我手里时,我首先关注的是颇为豪华的装帧设计,在打开图书后,注意力才被一幅幅精美的画面所深深吸引。由于当时相关背景知识的欠缺,尽管艺术的直觉还在,却无法让我对书的内容有一个准确、完整的价值判断,仅是在我的审美经验中,打开了一扇异样的窗口,并启示你用绘画而非宗教的眼光去看待、认识法海寺。也许是这本书的出版开了先河，在之后的时间里，各种媒体有关法海寺的报道日渐增多，不仅持续补充着我对法海寺的认知，也使这座香火已熄灭许久的古刹，因为拥有壁画，其文化艺术的价值日益凸显出来，令人刮目相看。

1956年，时任人大代表的郭沫若，到北京永定河引水渠工程的模式口隧道视察，无意间顺便造访了法海寺，当管理人员打开大雄宝殿的殿门，昏暗中，郭沫若一眼就看出落满灰尘的墙壁上所绘壁画的价值，并为之震撼。他认为，这是与敦煌石窟、芮城永乐宫壁画一样宝贵的艺术珍品，应该妥善保护。1993年1月，在北京一次文物界、美术界的专家论证会上，大家一致得出这样一个结论：法海寺壁画是我国明代壁画之最，是我国元明清以来现存少有的由宫廷画师所完成的精美之作，是北京历史文化名城在壁画方面的代表，与敦煌、永乐宫壁画相比各有千秋，并可与欧洲文艺复兴时期的壁画相媲美。

这一至高的评价对我是一种诱惑，一本画册已然无法满足我对法海寺壁画的兴趣，进而有了要一睹真容的冲动。

天凉秋好，驱车向西，直抵翠微山南麓。所谓"翠微山"，其实只是北京西郊的一片丘陵，植被茂密，属石景山模式口区，法海寺就如珍玩镶嵌在层林叠翠之中。这里曾是驼铃古道的首驿，曾经的法海寺远山门就在模式口大街的下街口处，现已不存。车离开大道，驶进一条蜿蜒的小路，再拐入一条村中小街，虽然这里已然城镇化，但乡土的痕迹依然可见。下车沿缓坡上行，必经小巧别致的"四柏一孔桥"，向上望去，红墙碧瓦的法海寺山门已赫然闪现在眼前。

法海寺始建于明代，我第一次听到这个名字时，很自然地把它和白蛇传中的恶僧法海联系在一起，直觉上并无好感。其实两者毫无关系。此寺原名为龙泉寺，现名称乃明英宗于正统八年寺庙改建竣工时，敕赐"法海禅寺"而得，意取"佛法广大难测，譬之以海"。寺庙坐北朝南，主体中轴线上为四进院落，依山势逐层升高，依次为护法金刚殿、四大天王殿、大雄宝殿、药师殿和藏经楼，我要造访的壁画，就在中间的大雄宝殿中。

这里的游人的确稀少，给人以静谧、清幽之感，而乍起的秋风，不时摇曳着大雄宝殿前屹立的两棵大白皮松，枝丫间又传出隐隐的威严和肃杀。

据说自《法海寺壁画》一书出版之后，这里一度被封存了，除专家学者外，其他人不得再入内参观。现在重新开放后，已采取了一系列的保护和限制措施，如每天每次入殿参观已有人数的限制，大殿内密不透风，亦不见阳光，游人穿戴鞋套，手拿特殊光照的手电筒，观看时间仅为半小时，真可谓走马观"画"。

在手电的光晕下，大殿内的壁画呈现出一种异样、神秘的状态，让我自然而然地用微观的视角，去欣赏壁画的一个个细节，这反而使工笔的技法魅力被凸显出来，真是限制中的意外效果。细节局部的递进叠加，相互衔接构成整体，依然可以感觉出被印象整合后壁画的大气磅礴和精彩绝伦。

　　大雄宝殿内的壁画分布在三面墙壁上，共有九幅77个人物，并衬有鸟兽、山川和草木等。所有物态和谐明快，肃穆美好，构成了一幅幅清新明净的佛国仙境画面。在正面佛龛背壁画的是水月观音、文殊、普贤三位菩萨，其中水月观音位于中间的显要位置。灯光下，观音的面目端庄慈祥，低垂的眼睑似有一丝迷离，身着白色轻纱，纱上缀有一朵朵六菱花瓣，纹饰描绘华丽精细，似飘若动，欲隐欲现。而水中之月意喻"诸天无实体，水月皆虚空"，感悟全在虚无缥缈间。这一意蕴抛开佛家教义不说，意象上已是十分诗意的了。观音"漫腰束锦裙，赤了一双脚"，头戴宝冠，冠上有阿弥陀佛像，喻示着观音既是佛的左胁侍，又是他的接班人，这一地位已然超出了文殊、普贤，这在画面的形制上似乎也被体现了出来。比之另两幅，水月观音不仅位置居中，画幅最大，刻画上也更为精美、繁复，披纱薄如蝉翼，花瓣细如蛛丝，特别是那风韵万种的手部姿态，竟与达·芬奇笔下蒙娜丽莎的纤手，有异曲同工之妙，自

法海寺水月观音图

然引起了观者的相应遐想……

目光离开静态的水月观音，大殿的北壁为《帝释梵天图》，是法海寺的主体壁画，表现的是帝、梵等二十天礼佛护法的队伍。画面天帝、帝后、天王、信女、力士、童子等天神及侍从形象各不相同，但肢体、神态又相互呼应，浩浩荡荡，气势森严，如盛装出行，共同演绎着一段内涵丰富的教法传奇。画面有祥云、花卉、动物等衬托，与背屏上的三菩萨像形成三角对应——三大士端坐于中间，诸天神如从两厢相对姗姗而来，形成了动与静的对比，既协调又富于变化，构成完整的统一体。二十诸天是唐朝形成的一种佛教题材模式，大画家吴道子、杨庭光等均对释梵天众图像有所涉猎。在佛教的传统规制中，诸天作为护法，在民间只作礼敬，并不皈依供奉，这就为画工的创作，提供了发挥灵感和自由想象的广阔空间。法海寺壁画继承了唐宋时期的密宗体系，但在绘法上又融进了明代的风格特点，即把绘画的表现力集中在形象的塑造上，赋予了人物内在的气质。如壁画中四大天王不是单凭所持的不同器物和动态来区别，而是依靠与之相联系的面目表情，来表现出忠厚、老练、威猛、智慧的不同性格特征，视觉上很容易区分。而位于水月观音右上部的护法神韦陀体格威猛雄健，面部则清秀稚嫩如童子，体现了其单纯而忠贞的秉性。摩利支天为日光神，壁画用多头多臂晃动时产生的连贯效应，象征阳光之神的舞蹈身姿，同时进一步把善像女性化，使之成为温暖可亲、柔软心情的普世形象。而其他诸神的外部威严，也与内心的悲悯相统一，蕴于内而形于外，每一个形象都有细微的个性化设计，可以说，相比佛像的工整端庄而言，《帝释梵天图》是法海寺壁画中人物神态塑造最为丰富、生动的，具有民间品质，达到了刻画佛教人物的极高境界。

《帝释梵天图》虽为一幅画，但却因环境空间的限制，被分别描绘在两个截然分开的对称墙壁上，这种跳跃感多少影响了作品形式上的完整，也使我的观赏过程暂时中断，不能不说是一种缺憾。而大殿东西墙壁上的两幅大型《赴会图》则十分的完整，场面宏大，开阔壮观。两幅画的内容基本相同，所述为佛、菩萨讲经参禅赴会的场景。画面均以三组人物为主体，分别为四菩萨、十方佛和六菩萨，众佛跏趺于祥云之上，错落有致，缭绕的祥云以上为天界，给人以虚空明净的感觉，以下为凡境，有山泉花卉、曲径竹篱，尽显人间的气息，两厢对称，整体画面云蒸霞蔚，仙气充盈，色彩既斑斓又内敛，雅而不俗。细致观察，见左右角各有一飞天女，手托花篮，婀娜多姿，驾云而至，这一动感形象打破了画面的均衡感，使之更加富于变化。飞天为八部众之一，常在佛祖说法时刻出现，从身放香，故名香音神。与敦煌奔放写意的飞天女相比，这里的飞天更加精致婉约，貌如凡间少女。从最早始见于张掖肃南马蹄寺石窟朴实、粗放的飞天原始形态开始，到敦煌壁画对飞天形象的大幅度艺术提升，直至今天法海寺壁画中飞天神的涅槃式华丽亮相，这一过程，记录着中国文化对飞天形象的不断完善、丰满，使之成为佛国美丽使者的美好理想。

纵观殿内壁画的整体，以其精美弥补了规模上的不足，各个画面的人物神态、服饰衣冠、花卉草木、流水山石，无不描绘得精细入微，惟妙惟肖，与中亚地区的细密画堪有一比。而作品的多种线描手法，如铁线描、游丝描、钉头鼠尾描等如行云流水，圆润流畅，尤其是长衣飘带，虽长数尺亦能一笔到底，随风舒卷，变化万端，大有"曹衣出水，吴带当风"的神韵，令人叹为观止。中国画用笔，越是飘逸灵动的线条，越需要刚劲的笔力，而绵软犹豫的笔触，线条必定是呆板、僵死的，这就是中国画用笔的辩证法，非实践者，无可体会。而法海寺的壁画则体现得淋漓尽致，完美至极，与之相辅的叠晕烘染、沥粉贴金法，又使画面每一条轮廓线都具有浮雕般的立体效果，画中留存的金箔在微弱的灯光下依然可见，线色和谐，流光溢彩，虽历经570余年，仍光彩夺目，令人醉眸，这是敦煌壁画和永乐宫壁画所无法比拟的。

法海寺壁画至今还能保持鲜艳瑰丽的色彩，除直接继承并发展了唐宋时期重彩的画法外，用色颜料十分的讲究也是一个重要原因，其使用的朱砂、石青、石绿、藤黄、胭脂、花青等均为纯天然矿物质和植物颜色，因而画面透明浑圆、层次分明，恰似浑然天成。如细观辩才天脚下的狮子和狐狸，毛发竖起，根根分明，连耳朵上粉红透明的毛细血管都能看得十分清楚，无怪当年著名工笔重彩画家潘絜兹先生说："明代壁画我曾寓目很多，但保存之完好、制作之精细、艺术水平之高，都不如法海寺壁画，这和法海寺壁画出于宫廷画工高手分不开的。"

的确，法海寺壁画与唐宋壁画的绘画风格一脉相承，再现了唐宋纯粹佛教壁画的古韵清风，这一美誉无不与画工有迹可循相关。据法海寺《楞严经幢》上所记，壁画主要作者为宫廷画师官宛福清、王恕，画士张平、王义、顾行、李原、潘福、徐福林等十五人，与敦煌、永乐宫壁画多出自民间无名工匠艺人之手相比，这无疑又是独一无二的，它集明代工笔重彩绘画技艺之大成，充分体现了宫廷营缮的华贵和画工技艺的专精，因此才造就了法海寺壁画"巧夺得天工，竟无一处废笔"的艺术境界。

从大雄宝殿出来，封闭的神圣仙境，被初秋清洌的空气渐渐稀释，转还至现实，但被感染的情绪依旧没有平复，余兴犹存。拾级而上，后面就是复建的药师殿，这里的三面墙壁，按大雄宝殿的格局陈列着珂罗版复制的壁画，基本还原了壁画在开放结构中的面貌，竟与封闭中的感觉又有不同。壁画是一个带有环境条件的绘画形式，失去了环境的依托，壁画的魅力会打上折扣，也影响了价值的完整性。1937年，英国女记者安吉拉·莱瑟姆到访法海寺，在她后来写的《发现法海寺》一文中，记录下一段她拍摄壁画时的情景："……接着，我们发现殿内四壁都布满了壁画！我们兴奋地打开了该寺庙的其他门，利用一面镜子把阳光折射进了殿堂内部。令人惊奇的画面顿时展现在我们的面前。我敢说自己从未见过任何其他绘画能具有那么崇高和迷人的风格。"这说明光线和环境对于壁画来说是多么的重要，因此我更愿意在自然敞亮的大殿中，依托环境的氛围，去品味法海寺壁画的真实魅力。这一期待没有落空。放眼看去，透过门窗射入的自然光线，将殿内的光效分为若干层次，投洒在壁画上，明暗交错、恍惚，借助光和气息，开阔的空间使画面的意境外溢，确乎满壁风动，云卷云舒，如梦如幻，特别是《帝释梵天图》，上面的一个个生灵似乎鲜活了起来，人物中如有耳语嘈杂，风声泉响，鸟语花香，一切具有了生命的活力和韵律。这场面会启发你去思考生命的意义，并给了你另一种境界的诠释，这里没有死亡，因为这里活跃着的全部是精神的生命和信仰的力量。你会感到遥不可及，但却不妨碍心生敬畏，并在心中默默祈祷，也许未来某个时刻，它也会成为一种精神寄托而真实地与你同在。这一情景和感受是在封闭昏暗的大殿中无法得到的，而只有宏观和微观两者效果互补衔接，才能得到法海寺壁画的全部魅力和真谛。就这一点而言，药师殿的复制品依然有它特殊的功能和价值。

从西郊回来，再次翻看《法海寺壁画》，一坐竟有几个小时。想想画册看上去虽不过瘾，但却可以集中精力，仔细品读，反复研磨，也是个好处。此刻，阳光透过窗纱投扰在画页上,婆娑间竟让我想起药师殿壁画上的光影摇曳,只一瞬,书页上的画面也仿佛灵动了起来。实景文物、场景再现和资料汇集,使法海寺壁画的价值丰满、立体,它的惊艳风头已盖过法海寺作为宗教法事场所的庙堂功能,而成为一座艺术的圣殿,在全国林立的古刹名寺之中独树一帜,无可替代。所以,潘絜兹先生才说:"明代现存佛寺壁画,当推法海寺第一。"

真是好眼光。

故都影像遗珍

1909年元月的一个下午,法国犹太裔金融家阿尔贝·肯恩参观了位于北京国子监的孔庙,九十多年后的2001年10月,他一生为之付出的"地球档案"中部分资料照片,又以《旧京影像:持久的幻影?》为标题,在时为首都博物馆的孔庙展出,这或许不是巧合,但一定在肯恩的料想之外。

所谓"地球档案"是源于阿尔贝·肯恩灵感中的一种预见:"人类活动的多面观,操作形式和类型肯定要消失,不过是迟早问题而已。"因此,从1909年至1931年间,他收集了七万两千多张反映各国风土人情、建筑风貌和社会现状的照片,以此奠定了后来"阿尔贝·肯恩博物馆"的基础资料，其中就包括记录中国清末民初景观的照片两千余张。这无疑是一件前瞻性的工程，结果是使那个时代的人们"睁开了眼睛"。

我那年在参观孔庙时有幸巧遇了这个展览，它是由彩色玻璃正片和黑白立体感片两部分组成，其中黑白立体感片部分，就是由当时随肯恩来华的摄影师兼司机阿尔贝·杜帖特拍摄的。立体影像最早出现于1832年，由英国人查理士·威斯特士顿发明，它利用反射式透镜看图，从而产生一种透视中的立体效果。通过镜面，一幅幅旧京影像具有了空间性，随之则是时间的带入，眼前的景观变得生动鲜活起来，一种历史很远、时光很近的隔世感倏忽而至。其中有一张照片引起了我的注意，标题是"西长安街上的香妃楼"，照片右边站立者的背影，据说是肯恩一行的中国向导，他身背手提两架相机，双臂岔开，体态笃实。瓜帽下长长的辫子喻示着那是在辛亥革命前。他左上方是一座楼阁，造型别致却稍显破败，与人物呈对角结构，应该就是题目中的"香妃楼"了。从画面上看，当时的长安街还是土路，地面

阿尔贝·杜帖特拍摄的"西长安街上的香妃楼"

上车辙清晰可见,且并不笔直,路边尚有少许积雪,季节背景一目了然。然而我关注的不止这些,还有图片旁的一段说明文字:"香妃楼位于回民营北边沿,面对宝月楼,今新华门,即中华人民共和国政府所在地——中南海的正门。此楼(应指宝月楼)为清乾隆帝于二十四年(1759年)为他宠妃香妃而建。香妃思家时登宝月楼向南眺望,其家人亦上对楼(应指"香妃楼")北望,以慰思念之情。"对于不了解那段历史的人来说,这段表述简明清晰,且颇有人情的温度。但如比对史料记载,就会发现这里面却是正史野史混杂,时间、主体表述不详,需要有所厘清,才能还原这幅照片所涵盖的史实真相。

关于宝月楼,《北京传统文化便览》中确有乾隆为缓解香妃思乡之情而建的说法,而长安街以南与宝月楼隔街相对,也确曾有回民营的存在,但说这些是因香妃而设,却是谬传。按乾隆《御制宝月楼记》中所说,西苑(即中南海)中的建筑都是前朝遗留,南海的南岸过于空旷,乾隆"每临台南望,嫌其直长鲜屏蔽",于是命工部根据地形环境添置一座建筑，并于乾隆二十三年竣工，这就是宝月楼的由来。此说有御制《题宝月楼》诗为证："南岸嫌长因构楼，楼临直北望瀛洲。"此时香妃尚未入宫。宝月楼建成后，因"池与月适当其前，柳亦有乎广寒之亭也"，即看到月亮高临液池之上，进而联想到月中的广寒宫，故命名为宝月楼。至于回民营则出现在宝月楼建成的四年之后，乾隆御制《宝月楼诗》中有"西宇向南凭"之句，注释说："（宝月）楼临长安街，街南俾移来西域回部居之，宝宇即有其制。"即指宝月楼南面可见西域风格的建筑，为迁徙而来的新疆回部居住区。为便于营中人做礼拜，朝廷亦斥资同时修建了普宁清真寺，杜帖特照片中的楼阁，就是寺内的"邦克楼"，也称"唤礼楼"，曾为当时的"京城第一门楼"，所谓"香妃楼"只是民间的附会之说。

至于宝月楼和邦克楼是如何与香妃联系在一起的，这需要对香妃的身世做一个梳理。史料记载，乾隆后宫只有一位来自新疆维吾尔族的容妃，于乾隆二十五年入宫，封为和贵人，乾隆三十三年晋升为贵妃，从时间与民族来看，这个容妃就是香妃，人传她身有奇异体香，被乾隆宠爱，故称为"香妃"。其实香妃原名叫叶伊帕尔汗，意思就是"香"，因此，香是她的名字，而非指体味。叶伊帕尔汗生于雍正十二年，是新疆秉持回教始祖派噶木巴尔的后裔，其家族为和卓，世代居住在新疆的叶尔羌。和卓家族又分为阿帕克与额赖玛特两部，香妃家属额赖玛特部，立场倾向为拥戴朝廷反对分裂，故遭到大小和卓的排斥。乾隆二十二年大小和卓叛乱，朝廷进兵新疆平叛，香妃的叔叔、兄弟配合清军作战，建有功勋。叛乱平息后，香妃的五叔、六叔、胞兄图尔都及其他五位首领应召入京，被封官进爵，史称"八爵进京"。乾隆将他们所带领的部族编入八旗，并下诏封居，地点就在宝月楼南侧今东安福胡同一带。随叔兄一起进京的香妃也应召入宫并被册封，此时宝月楼已建成一年多了。从历史的角度看，这其实是一桩因俗而治的政治联姻，以便乾隆达到长久稳固边陲的目的，并非月下老人因情设事的安排。香妃入宫后，鉴于特殊的宗教信仰、生活习俗，她没有被安排住进皇宫，而是住在了宝月楼，与南边后来出现的回民营及清真寺隔街相望，于是便有了香妃与家人对楼聊慰亲情的说法。普宁清真寺是"敕建"项目，规格颇为奢华，从杜帖特照片中的邦克楼就可见一斑：花体卷门之上是西域纹饰的墙体，楼阁为四柱单檐九脊顶，高耸宇飞，四壁轩敞，玲珑秀美。可以想见，当年每逢做礼拜时，悠扬的唤礼声掠过长街在宝月楼上空回荡，是一种何等的异域风情，香妃因此有近乡情怯之感，也是顺情顺理的事情。

查史溯源，邦克楼虽不应称为"香妃楼"，宝月楼也并非因香妃而建，但它们的存在确实都与香妃有着"道是无晴却有晴"般的牵扯。在史料和口传之间，中国民间似乎更热衷于街谈巷议、道听途说，这是基于百姓内心朴素的理想与乐见，往往使得一些历史人物，被分割为本体和精神的两副面孔，因而才演绎出一段乾隆与香妃缠绵悱恻的爱情传奇。历史上的香妃在清宫生活了二十八年，而乾隆也确实对其有所宠爱，下江南巡泰山都有香妃随驾就是史证。香妃香消玉殒三年后，年已八旬的乾隆还于宝月楼前吟诗神伤："卅载画图朝夕似，新正吟咏夕今同。"此情此景并不虚传。

　　辛亥革命后，袁世凯任民国大总统时接管了清室的西苑，把中南海作为总统府。按中国的传统习俗，府邸正门要向南开，于是由当时的内务总理朱启钤主持，将位于中南海南墙内仅几米的宝月楼底层中间打通，改为大门，移端王府的一对石狮置于门前，又将挡在前面的皇城红墙扒开一段缺口，加砌两道八字墙，请晚清文人袁励准书"新华门"馆阁体匾额一幅，悬于门上，自此宝月楼更名为"新华门"，取代西苑门成为了中南海的正门，并一直沿用至今；而对面的清真寺，袁世凯遂以不宜直对总统府为名，下令拆除，并修了一道灰色花砖墙，用以遮挡路南的民居。这道墙今天犹在，是北京人眼中历久弥新的老景观。据说不久前在拆迁东安福胡同时，还发现了当年礼拜寺的遗物——汉白玉拱券。一座楼变成一道门，敞开的是历史往事的风云诡谲；一道墙取代一座寺，遮蔽的是民间世相的落落红尘。而我们今天依然可以持续这个话题，却是得益于阿尔贝·肯恩"地球档案"的唤醒。现在看来，这张照片拍摄得非常及时，它果断地在一个时间节点，记录下了往事的印迹，几年后它的主体连带那个王朝，便在历史的进程中灰飞烟灭了。也许当时在拍摄时，只是从建筑景观实录的角度考虑，并不了解它背后的复杂意味，但那个人物的背影，却悄然站立成为一种暗示，正如法国前国务部长查勒·帕斯嘎在《旧京影像：持久的幻影？》一书的出版序言中说的："地球档案的建立很显然是不屈服于事物变化无穷的偶然性，因此才能成为人们了解今天的有力历史见证。"有关"香妃楼"的这张照片，恰好证明了这一点。作为摄影或许它不够艺术，说明文字亦有纰漏，但却不妨碍我们可以从中品味出具有岁月感的古旧之美，它以丰富的历史内涵及其民间延展为依托，因而不是艺术的，而是情感和认知上的。

往事拾零

在推土机的轰鸣声中，老北京已渐渐被肢解得支离破碎，而胡同首当其冲。经不住惋惜心情的驱使，我一次又一次流连于已经沉寂、冷清了的胡同，聊以唤醒那深眠已久的记忆。安静下来的胡同仿佛露出了一种倦怠，它太累了，数百年的使命负载着一代又一代人的饮食起居，从金中都、元大都一直走到今天，早已筋疲力尽、疲惫不堪。而这里，也是我曾经生活过的地方。——又是秋风落叶的十一月了，以往住在这里的人们，现在该是晒被装炉，准备过冬了吧。

北京的胡同是千姿百态的，在往昔单调、乏味的社会生活中,稍稍显示出某种不易察觉的丰富,对于绝大多数北京人来说,他们的日常生活大都是在胡同中度过,我的童年恰逢动荡的"文革",因而记忆中又有了一层特殊的色彩,不思量,自难忘。

记得小时候,每到秋天来临,感受着一天天清冽起来的空气,看着落叶缤纷的秋景,真是有一种异样的感觉。在那个灰色的年代,四季的更迭,竟也成为孩子们喜悦的一个理由,进而让他们憧憬、让他们希望。

其实孩子的乐趣,来源于对种种新鲜事情的期盼,而这期盼常常是在胡同里才得以实现的。季节的变化,往往会预示着一些新鲜事情的开始。就说深秋吧,如果有一天,胡同里突然开进了一辆装满白薯的大卡车,那么这里便会像过节一般喧嚣起来。人们不约而同地从家里拉出小车、箩筐,带上麻袋、面盆,在以往约定俗成的地点排起了长队,等待着一年一度配给供应的白薯。街坊四邻彼此间张罗着、照应着,吆五喝六,如同过节。于是,这一天胡同里便人流穿梭,在搬运白薯的热热闹闹中度过了——这种景象在冬贮大白菜时,还会重复一次。夜幕降临,座座院落堆着白薯,家家厨房冒着炊烟,蒸白薯的香味在胡同里溢散着,将原已很冷清的街巷浸润得一派祥和。

当时的孩子游离于风云激荡的政治斗争之外,相对而言无忧无虑,他们所有的乐趣多来源于或宽或窄、或直或弯的胡同,来源于胡同里每一处可玩耍的地方。

记得上小学时,在放学排队回家的路上,同学们的身影一个个消失在一座座不同的门洞里。那时,我对那些吸纳了同学身影的门洞和院落,就产生了极大的好奇。寒暑六载,我的好奇心终究得到了满足。那个年代每当放寒暑假,班里都要在各学生家轮流安排学习小组,一般为三五个人,功课之余大家总会一起玩儿一会儿,这就让我有机会进入不少同学家的院落,感受到不同家庭的生活气息和世态人情。这也是我最早认识的家以外的社会生活。

北京胡同里的院落门楼有大有小,有简有繁。广亮大门的门洞宽且深,常常是孩子们冬天避风、夏天躲雨的好地方。几个孩子聚在门洞,或是拍三角,或是耍冰棍棍儿，或是干脆骑在门墩上无事闲聊，总能度过一段略感无趣但也还悠闲的时光。所谓"三角"是用香烟盒纸叠成的，不同的牌子对应不同的面值，记得当时面值最高的是廉价的"工"字牌烟盒，游戏规则中也具有明显的时代烙印。门楼是老北京的名片，不同院门代表着不同的生活档次。广亮大门、金柱大门或考究的如意门里面，一般多为格局不同的四合院，院内常有葡萄藤、海棠树、金鱼缸等，给人一种闲适惬意的温馨感觉，相对来说居住者的层次也较高。而胡同里多数的院门较为普通，都是形制不一的小门楼，里面也都是不规则的大杂院。然而这对我反而更有吸引力，因为它总可以给你一种新鲜感，不落常套。这里住户拥挤，四世同堂并不罕见。大家共用院里的一个水龙头，方便则要去胡同里的公共厕所。穿过不同形状的通道，可以窥视许多人家的生活景况，闻到屋里飘出的混杂气味，间或夹杂着一两声呵斥及锅盆碰撞的声音。若是晚上，屋里的灯光多是昏暗的，有着一种神秘气息。然而对我来说，这里的生活别有洞天。

胡同对于当时的孩子来说就是游乐场，就是后花园，每一块空地或每一个旮旯，都会是不同游戏的特定场所，留下我们最初的角色经历。有时玩耍还会从地面延展到屋顶，顺着矮墙爬上房顶，俯视着胡同和院落的别样景致，那错落相间的浓荫和灰瓦令人心旷神怡。

让人难忘的，还有北京的冬季，尤其是下雪天——那时的雪总是下得很大，每到此时，胡同中央就被各种各样自制的雪车和雪板所占据。每个孩子头上都冒着汗气，脚踩一条竹板，在胡同里奔滑着，毫不逊色于今天孩子脚下的滑板，早把寒冷忘在了脑后。待被叫回家吃饭时，进得屋里，把冻得通红的双手捂在烟筒上，那又胀又痒的感觉至今记忆犹新。到了春节，胡同的夜晚则被一盏盏自制或购买的简易灯笼点缀着，屋里传出收音机中"北风那个吹，雪花那个飘"的熟悉旋律——那本是一个悲剧的前奏，却被那个年代移植为节日的序曲——加上零零星星的鞭炮声，虽不热烈，但在孩子的心里，这就是胡同中最浓郁的节日气氛了。

现在提倡和谐社会，这是对世事变迁，人与人之间的关系趋于封闭、疏远和陌生的一种反拨。其实中国的老百姓，原本就很有些和谐的传统，记忆中胡同里发生的一些事情，现在想来仍旧印象深刻。

一是清水泼街。那时北京的夏天风干物燥，午后更是暑气蒸腾，于是我所居住的胡同里便有了一种约定俗成，每当日头偏西，胡同里的王大爷便手拎一柄铜锣，沿街敲响。听到锣声，家家户户像是听到了命令，纷纷端出一盆清水向街道上泼洒，原本干热的地面被清水一镇，暑气减弱，空气中飘散着一股湿润的土腥气，看着被大家淋湿了的胡同，不管皮肉是否真正感觉到了凉快，心头已是一片清爽。

另一是"文革"后期，全国大搞爱国卫生运动，建设无蝇城，其中北京的典型做法就是分区域统一灭蚊蝇，即将"666"粉包分发给胡同里的每一户人家，在晚上同一时间将屋内"666"粉点燃，门窗紧闭，人们都聚集在胡同街道，等到了规定时间，再统一打开门窗，通风透气。在大家的一致行为下，整条胡同都弥漫着浓浓的"666"粉气味，且不说这种做法是否科学，就效果来说,至少一两周内,蚊蝇踪迹全无。

两件往事已过去几十年了,现在想起仍让人心生暖意。那种朴素的道德意识和本能的群体观念深入人心,回想当年胡同里大家互帮互助的事情十分平常,日子过得质朴且融洽。公益的根本在于利益的一致,和谐的关系促进和睦的行为,这个道理既朴素又简单,不必太多说教。

偶尔行走于悠长的胡同,常常在不经意间有一些意外的发现,令人触景生情,感慨万千,那就是残留在墙壁上印迹模糊的标语,这是我们童年时代特有的印记,看到它,耳边仿佛又响起高音喇叭传出的毛主席语录歌,眼前似又见贴满大街小巷的大字报檄文,远处像有剃了光头的"黑五类"在扫街……所有"红色"记忆,全浓缩于墙上模糊的字迹,唤醒了尘封已久的十年梦魇。

那时除了胡同的墙上写满了口号,家家住房的玻璃窗上也用红漆喷上了标语。记得我家的窗上喷的是"毛主席是我们心中的红太阳"。红卫兵大串联,北京的接待能力告急,一些居民家便也住进了红卫兵。早晨起来红卫兵在胡同中操练,晚上红卫兵打着红旗得胜而归,若赶上毛主席发表"最新指示",则学校挨家挨户通知,不论多晚,定要敲锣打鼓上街游行,一派轰轰烈烈的革命气氛。我记得那时每个同学都要自做一块毛主席像牌,游行时一起举着,气势蔚为壮观。岁月的流逝难以磨灭历史的印痕,旧街老巷见证了共和国的风风雨雨,这遗迹不是人为的刻意保留,纯粹是时光无意间的自然遗落,让我们捡漏了一份朴素却珍贵的岁月遗产。

还有些遗迹则是留在门上的,是老北京门楼建造的原创,也是十年浩劫中的漏网"四旧",比如"忠厚留余地""积善世泽绵"等,虽不少已残缺不清,却昭示着中国人传统的人文情怀和道德理想。门虽破旧了,但既然幸存着,这些情怀和理想就不要泯灭。

北京的老胡同的确破旧了,从这一意义上说,被胡同支撑起的北京古城正不可避免地衰落下去。这种衰落不是物质文明的衰落,而是一种原有精神气质的衰落,昔日的北京风光不再,只是胡同这一古时候留下的城市格局,已不知不觉和我们的童年,以及童年的种种难忘记忆，紧紧地连在了一起，铸就了我们的胡同情结，刻骨铭心。

斗转星移间几十年过去了，岁月流逝，物是情非。走在当年生活的胡同里，墙体上婆娑的，依旧是秋日的树影，只是老墙的斑驳已被粉刷一新，原本坑洼的路面也平整了许多，胡同两旁停放着各种车辆，许多大宅院的外墙体被打开，将原来的住宅房屋改成了店铺和餐馆，而耳边涌入的，也不都是京腔京韵，而是南腔北调杂陈……一切都透出时下特有的躁动和不安。今天的胡同的确是热闹了许多，繁华了许多。但走在这样的胡同里，躲避着身边来去的汽车，我总感到若有所失。那被修缮过的不伦不类、千篇一律的灰墙红椽中，胡同似乎已被格式化，失去了以往的韵味和鲜活，也不再给人居家过日的亲切和从容，仅在地名上，还留有少许残存的乡愁。青灰抹平了斑驳的墙体，也掩盖了年代的烙印，作为故乡的胡同已在眼前闪烁不清，没有了性灵。

我不禁想起了白化文先生在《北京的胡同》一书

"序"中说的:"作为封建社会末期回光返照的京城小胡同文化及其芸芸众生相,是无可挽救地正在谢幕,逐渐地为社会主义的高楼大厦所代替。这是历史的必然。胡同,在北京仍会存在,四合院也不会完全消失,但它的蕴涵已与前大不相同,不是一码子事了。"

记忆总会影响着我们的意识和思维,然而,能唤起记忆的情境却越来越少。一把把锈蚀的铁锁,锁住了大门后的废宅,也废弃了一个时代的风貌。欣慰的是,北京有我这样情结的人,的确不少,他们都在用自己的方式拯救着记忆与往事,有些是纯粹个人化的,比如我,有些则是上升到文化艺术的层面,体现了一种社会责任和普世情怀,比如一些学者和艺术家。因此,在今天的文化环境中,充盈着很多民俗与怀旧的东西,尽管其中鱼龙混杂,良莠不齐,夹杂着伪造和商业气息,但其有价值的部分,正在合力挺起一座精神的北京,以使她能够在我们的情感和记忆中不断地存在与延续,以至永远。我相信,老北京是有这样生命力的。

五月槐花香

时值五月,明城墙遗址公园建成了,于是抽空去看了看。

原来包裹住城墙的破旧房子全部拆除,代之以步道和绿地,使经过部分修补的城墙遗迹完全暴露在人们的视野,一眼望去,竟让人稍许感到了一些震撼。

北京的城门和城墙,小时候的印象还有一些,因此,眼前的城墙旧址虽不完整,但依然会感到亲切。然而同样让我心动的,还有城墙旁边挺立的几棵老槐树。原来它们被民房围绕着,只留些树冠在外头,埋没了许久,从未引起过人们的注意。今天它们则傲然耸立在城墙前,像个伴娘,身姿绰约,风情万种,就这一画面看去，已然是老北京的味道了。这自然不是儿时的印象，而是从近期陆续面世的有关北京的老照片中看到的：孤寂的城门和城墙，周围是一种荒芜的景色，地老天荒一般。唯有城边的高大槐树显出一种生机和活力，似有微风吹来，树仿佛摇曳着，使画面生动了许多。于是，大槐树和老城墙好像成为旧京的一种景观定式，给人颇深的印象。

然而，槐树对北京人来说，远不止这些。记得过去胡同里槐树很多，低矮的平房被大槐树一罩，便是北京人夏季的清凉世界，纳凉、品茶、聊天、下棋，全在这一片荫凉中。我家门口也有两棵大槐树，上小学时，常常被家长逼着午睡，清静的正午，常有树荫中鼓噪不止的蝉鸣，成为朦胧中的催眠曲，回想起来，已然是远去的田园般意象了。就像九月的杭州是被桂花香气浸润的一样，五月的北京也处处被槐花的清香所弥漫，沁人心脾。此时孩子们便拿着长长的竹竿，竹竿头上绑有一个铁丝弯成的钩子，挂住一串槐花一拧，便摘到手中，然后拨开花瓣，去吃那小小的花蕊。那时大多家风节俭，很少给孩子零嘴吃,于是这槐花便成了孩子们这一季节的时令小吃,聊以解馋。常常看到胡同里的孩子手拎着一串槐花,有滋有味地咀嚼着。我也曾试着尝过,味道青涩微苦,略有清香,虽不太习惯,但这是当时的"时尚",自然也就不肯放弃。后来才知道,这槐花竟还是一味中药,有凉血、增加毛细血管韧性的作用。我们常见的槐花蜂蜜,大概用的就是这种功效吧。

到了仲夏季,胡同里的孩子手里依然拿着长长的竹竿,不过上面的铁钩此时换成了一小块黏腻的沥青,用它去粘停在槐树枝上的蜻蜓或唧鸟(蝉),当然不是为吃,纯粹是一种游戏,不过失去自由的蜻蜓,不管你如何百般呵护,总会死去,孩子们的心情,也会由开始的兴奋而堕入失望,其中的道理,他们自然不会知晓。入夜,便有萤火虫的点点荧光在浓密的树丛中舞动,使白天还亲切如常的大槐树变得神秘而又深不可测。当你伸手抓住一只从你眼前飞过的萤火虫,仔细观察时,却怎么也找不出它究竟哪里发光,这使我困惑过很久。

到了秋天,大槐树下便铺满了落叶,秋风一吹,落叶便在墙角旋成陶罐状，然后散落下来，一种美丽的破碎，宣告着一个季节的落幕。

记不得什么时候，胡同里的几棵老槐树为扩地建房而被砍伐了，我心中有关槐花的故事也就从此中断。如今离开胡同的生活已经很久，有时无意中在这一季节闻到槐花的香味，便会很自然地想起过去的事情。

有些事情时间久了，便潜在地、慢慢地，在不知不觉中成为你记忆中的一种情结，平时感觉不到，一旦被唤起便浓得化解不开，不由得你不去咀嚼、回味。人生之路走得越久，这种感觉就越强烈，也越容易勾起人的伤感，这伤感不是悲情的，人生恰恰因这种伤感而被点缀得深沉了许多，厚重了许多，丰富了许多，也许，这就是情怀。

今天的北京依然可以看到槐树，然而记忆中槐树给你的氛围已然远去，明城墙前的槐树，权作为一种符号，象征着北京的过去和我们的过去，因此引发一点遐思和感慨，也是极其自然而值得的。

乡愁二题

疏影留痕

画家陈逸飞曾画过一幅油画，题目记不准确了，好像是《小时候玩过的地方》。画面是一座江南的石桥，取景角度颇低，突出的是有些破旧、质感很强的石板桥面，色调灰白，蕴藉着一种乡愁。这幅画本可起很多名字，但现在的名字与画面间，一定包含着画家特有的往事和情怀，斑驳的桥体，就是他记忆的符号，两者对位，便产生无限的联想和追思的空间，使画面意味深长了。它引出的是一段江南水乡的童年故事，而胡同对于我，同样如此。

当然，胡同之于我们的意义和价值，作为当时的孩子，是无法体会到的。当时光将往事拖延成旖旎的影子，留下的，便只有怀念和留恋。儿时那低平、乡土的北京城，演绎着童谣般的如梦生活，甚至在晴朗的日子，不经意间，你便可在胡同西面的纵深处，望见青黛色的西山，现在想来，这景象已十分难得，因而也愈发体会到梁思成临窗凭栏的那份"西山的峰峦透过牌楼和阜成门城楼所融汇的绝妙好景"的感慨。那时的胡同在孩子们的眼中，是唯一的乐土和窥视众生的大千世界，它伴着我们长大，成全了我们的天性并给予我们最初的人生体验。每一座门楼、每一段老墙，都会留下平凡却难忘的回忆，每一座屋檐、每一片树荫，都收藏起我们曾被其庇护的种种温馨，就连那一声声悠扬的叫卖，也如牧歌般永远镌刻在我们的记忆深处，沉淀为美好的音符。

我总是固守着对往事的记忆，然而，能唤起记忆的情境却越来越少，北京的胡同被大片蚕食着，我害怕几度秋凉的某一天，眼前一片迷茫，往事像断了线的风筝，随风而去……所幸，我曾经生活过的胡同还在，就像陈逸飞画中的那座桥，但这也仅仅是地理概念上的胡同了，心灵上的那条胡同，已经离我很远很远。

乡愁里的老城门

乡愁是一种记忆和情怀，恰如林海音的故事和李叔同的旋律，于长亭古道间，共同营造出一座精神的家园，年龄越大，就越想回家。而北京人的乡愁，是离不开城门的。

老北京的城门内九外七，现存的也只有正阳门和德胜门箭楼了。而在我的记忆里，除了上面两座之外，其他十四座，印象中仿佛只有朝阳门和阜成门是曾经见过的。

小时候家住朝内南小街的胡同里，要去西郊的动物园，需坐1路电车，而1路车起点就是朝阳门。那时为了有一个座位，常常从小街向东走一站，从起点上车，因而也就可以看见朝阳门。当时的城门以外已属郊区，比之城里，人烟疏落了很多。大家好像是在城门的东侧排队候车，秩序井然。抬眼望去，朝阳门高大雄伟，气势威严，似有鸦雀盘绕在檐宇之间，令人心生敬畏。上车后沿东四、北海、府右街一路向西，前面就是必经的阜成门。当时还分辨不出城门之间的区别，只是觉得一样的伟岸、神秘。车照例从城楼的北侧环绕驶过，常常可以看见一些孩子，蹬在城墙窄小的砖缝上，像一个个蜘蛛人敷在城墙的墙壁上，这景象很奇特，便深深印在了我的记忆里。当时我曾想，如一直攀到城墙顶上，那会是怎样的光景？1路电车连接着两座城门，也不知不觉种下了我的城门情结。然而，事有蹊跷，后来我在查看有关北京老城门的资料时，无意间发现，记载中朝阳门早在1956年就拆除了，而那时我还没有出生，我对朝阳门的记忆是从何而来的呢？这不禁令我十分错愕。尽管幼时的记忆模糊不清，但在城门下等车的印象却清晰持久地保存在我的记忆里，这令我百思不得其解。纠结了一阵之后，我竟释然了，错觉也罢，模糊也罢，我把它看成是我与城门的一种缘分和神交，惟恍惟惚，恰如梦蝶，于是那本不该见过的朝阳门就永久地伫立在我的心灵之中，挥之不去了。

"文革"时期，北京的城门几乎被陆续拆光，但地名却一直保留着。那时我正上中学，课外生活乏味，便和发小买了月票乘车逛北京城，专找偏僻、未知的地方去。一个寒假的晚上，我们从交通图上发现了位于城东部边缘的广渠门，于是晚饭后便出发前往。我们从东单上了一辆开往广渠门的汽车，先顺崇文门大街南行，然后向东拐进花市大街，说是大街，其实比胡同宽不了多少。由于是冬季，又在晚上，昏暗的街道上几乎没有行人，只有从上了门板的店铺或民房沿街后窗透出的橘黄色灯光，给街道一丝温暖。那时觉得，广渠门真的很是偏远，这反倒给我一些兴奋和刺激。车到终点，下来看时，除了黑黢黢的夜色，空旷、寂寥，哪里有城门的影子，茫茫然只是觉得风更大些，也更冷些，失望之余，想到的，只是赶紧回家。

现在家住广渠门外,当年的"边地"已在西向市中心的位置,怎不令人感慨万千。过去有关城门的印象虽然不多,且零星模糊,却年久味陈,如酒、如茶,依依稀稀,滴进了我的乡愁。

笔记中的先生

近日整理内务，无意中发现了几本大学时的笔记本，几次搬家，竟没有丢失。随即翻阅，一种亲切感油然而生，仿佛学生时代复又重现。特别是授课老师的名字，从泛黄的纸页中跳出来，罗列一下竟是一份亮丽的名单。我不禁有了想要摘录的念头，一是重温教诲，再致尊敬；二是展示当年北大精英的文化学养，分享于大家。回想起来，当时老师们上课时常会脱开讲稿，即兴自由发挥，这种发挥往往会闪烁出灵感的火花，成为授课的精华。要说明的是，因为笔速追不上老师的语速，摘录的内容会有些跳跃，语句也会与老师们的实际讲述有一些出入，但基本意思不错还是可以肯定的。摘录后的唯一感叹是：他们的确都是可以称之为先生的。

笔记摘录：

王力（古代历法）

中国古代历法发展得很早，据记载在商代就形成了。

1. 年岁。年，就是我们所说的一年，有十二个月，通常一年有三百五十四天。岁，一岁是三百六十五又四分之一天，四分之一只是一个大概数目，太阳一周天就是岁。

王力先生．罗雪村绘

中国古代有年有岁，就是阴历和阳历，所以阳历我们中国也是有的。年是三百五十四天，与岁差得很多，所以用"闰余成岁"的方法，即用闰月来解决这个问题。

2. 月。月球运行到太阳和地球中间，古人说这是"日月相会"，或叫"合朔"，周期合朔是二十九天半多一点，这就是一个月，两个月就是五十九天，分为大小月，大月三十天，小月二十九天，这样就好算了，往往是大小月循环交替。

3.晦、朔、望、朏、弦。晦，阴历每月的最后一天；朔，阴历每月的最初一天。晦朔相连只差一天。古人很重视朔，因为朔要不知道，以后的天就不好算了。望，就是月亮最圆的时候，大约是每月的十五，但也不一定，有时是十六。朏，每月的初三，是月亮出来的天。弦，表示日月形成九十度角，有上弦和下弦之分，上弦是每月初七或初八，下弦是每月二十二或二十三。

古人用铜壶滴漏的方法来计算时间，春夏秋冬不同，昼夜的分割也不同；并用干支纪日，最初只纪日，大约到了汉代才开始纪年。一年分为四时，即四季。夏朝以正月为始，商朝以十二月为始，周朝以十一月为始。古人凭天文定节气，"昼测日影，夜考中星"。

王力先生是学界泰斗，因年事已高，当时在总校已不再上课，但得知分校的学生学习条件相对艰苦，于是破例为我们上了一堂古汉语中的古代历法课，以示鼓励。这一辈的先生我们只接触过这一位,也只听过这一课,确乎有些可怜,但换一个角度去想,这何尝不是一种额外的幸运?

冯钟芸(杜甫研究)

杜甫诗《凤凰台》,前半部写了山川的高峻,后半部写了自己的忠心,把凤鸟看成是国家复兴的征兆,他愿抛心沥血饲养凤鸟,以求"再光中兴业,一洗苍生忧"。这本是一首寓言诗,借以表达为国堪忧的心情。尽管诗人有这样的牺牲精神,然而明王和凤鸟都是渺茫的,但杜甫仍不改忠心,仍要以国家为重,不再甘愿隐遁。他选择了寄居田园、继续密切关心国家事政的生活态度,这就与那些身在江湖心在魏阙,故作清高的名仕有着本质的区别。杜甫是不得已而为之,这种状态贯穿了他秦州时期的全部生活。他对唐王朝的局面有了更加清醒的认识,诗也向着沉郁顿挫的风格上发展,使之渐渐涂上了一层感伤的色彩。而之前他的诗是炙烈的,是由下向上地反映社会问题，以引起上层的注意。之后这类诗虽然相应减少，但仍然反映了唐朝的政治生活，而且更加注重通过分析比较来总结教训，以寻求解决的答案。他站在一个进步统治阶级开明政治的立场来批判现实，在诗中自觉或不自觉地揭露了唐朝的贫富对立状况（朱门酒肉臭，路有冻死骨）。这一时期的前期民主精神多一些，后期则偏重于总结历史经验，主观情绪暴露得更多一些。

冯钟芸先生是哲学家冯友兰的侄女，古典文献家任继愈的夫人，北大资深教授。她治学严谨，上课时不苟言笑，较为严肃。然而在我们的毕业照中，她却面带微笑，和蔼亲切。做过她学生的袁行霈在回忆冯先生时曾说她"毫无教授的架子，我们对她有一种格外的亲切感"，结合毕业照我似乎有所体会。对冯先生来说，上课是治学，而照相则是生活。

袁行霈（古代诗歌欣赏）

李白《早发白帝城》。从字面上看，这首诗无非是写三峡水流之急、行船之快，是一首咏山川、记行旅的作品。但是诗的意思如果仅仅是这些，那不过是把《水经注》改写成一首诗歌而已。我觉得这不仅是一首写山水记行旅的诗，也是一首抒情诗，抒写了诗人自己心情的轻松和喜悦。据考证，这首诗是李白在流放途中走到三峡遇赦返回时所写的，"千里江陵一日还"的"还"字就暗示了这一点。正因为不久之前有判罪流放的痛苦，有逆水行舟的艰辛，才有遇赦归来顺流而下的轻松和喜悦。即使是凄凉的猿啼，以李白此时的心情听来也非彼时了。这种感情李白没有在诗里直接说出来，而是从字里行间流露出来的。如果不细细品味也许还不易察觉呢。

讲到这里，诗的意思是不是讲完了呢？还没有。我

袁行霈先生．罗雪村绘

觉得其中还有另一种情感，就是惋惜与遗憾。上三峡的时候，李白是一个流放犯，三峡的景色只能加重他的愁苦，他大概没有心情去欣赏周围的风光；而现在恢复了自由，顺着刚刚经过的那条流放之路，重又泛舟于三峡之间，他一定愿意趁这个机会饱览三峡的壮丽风光。可惜还没有细细领略，船已飞驰而过，喜悦中带有几分惋惜与遗憾。"啼不住"是说猿啼的余音未尽，身子已随船飞过了万重山，而他还沉浸在刚才从猿声里穿过的那种感受之中，此时的心情，恐怕连诗人自己也难以分辨清楚了。中国古典诗歌讲究"言有尽而意无穷"，绝句的体制短小，尤其要含蓄不尽。这首诗既有一泻千里的气势，又避免了一览无余的毛病，所以才能百读不厌，常读常新。

袁行霈先生开的"古代诗歌欣赏"课，在当时很受欢迎，影响颇大。我工作后，由袁先生主编的两卷本《历代名篇赏析集成》，就是由我供职的中国文联出版公司出版，广受好评，成为我社引以骄傲的品牌书。

裘锡圭（文字学）

三千多年间，汉字的字形经历了从象形到不象形、由繁到简的发展过程。其中汉字的字体发展分为三个阶段：1.古文字；2.隶书；3.楷书。古文字时代是从公元前十四世纪的商代开始，一直到秦代。秦代开始使用隶书，从秦代到魏晋是隶书到楷书的过渡阶段，从中可以看出从象形到不象形、从繁到简的衍变。也有少数因字的结构变化引起字形繁化的，但总的看来字形是简化的。从汉字的结构上看，形声字的比重上升，比例越来越高。新增加的文字绝大部分是形声字，同时有不少表意字也被改成形声字。甲骨文中的形声字大约只占20%左右，周代形声字就大大增加了，到《说文解字》时，形声字大约有85%，到宋代，郑樵《通志》中的"六书略"把当时收集到的汉字按六书分类，其中形声字的比重已到90%以上，可见形声字的比重是逐步增高的。同时汉字合体字

裘锡圭先生 . 罗雪村绘

中特殊的象形偏旁被成字的偏旁所替代，并出现了大量的记号，这是因为许多象形字变成了记号或半记号。总体看来，汉字音符的作用越来越重要，象形的意符越来越让位于以字义为基础构成的其他文字。

曹先擢（古代汉语）

分析《齐桓晋文之事》，可分四个部分：1.问题的提出，"齐桓晋文之事，可得闻乎？……"提出了王道、霸道之间的矛盾。2.说明了两个问题，一是齐宣王还有不忍之心，还有推行王道的可能性；二是齐宣王有自己的私心而不能有推行王道之心（只在禽兽不在人）。3.齐宣王之所以没有推行王道之心，是因为他有自己的最大欲望，统一天下是一个目的，但是用什么手段来实现？4.提出怎样施行王道，来达到统一的目的。全篇有孟子的民本主义思想，这是应该肯定的，但孟子的主张又是不能实现的，因为他使用了超阶级的人性，如禽兽与人同等，而且不可能用博爱去对人。

张少康（古代文论）

《文心雕龙》。刘勰论风骨，风和骨两字是可以分开的，两者的内涵也不是一回事。风是指作品的内容来说的，骨是指表达的形式来说的。所以黄侃的看法大体符合刘勰的原意，但有些绝对。风是刘勰对文章文意上提出的要求，骨是对文章形式的要求。文章一定要写得清晰、健康、饱满，有这样的内容，对读者就有了强烈的感染力，就有了风；骨也就是形式上一定要写得挺拔有力，不能软绵绵的。刘勰说："捶字坚而难移，结响凝而不滞，此风骨之力也。"如果在文辞上达到炉火纯青的程度，在内容上感情充沛，表现在声音上则是稳健，在声音背后产生了感情的东西，这些结合起来又流畅又凝重，就可有风骨，这是内容和形式的统一要求，并且统一之后要产生一种力，和由力而产生的美。

张少康先生．罗雪村绘

张少康先生是我的论文导师,课题是意境探讨。他的核心观点是:意境的本质特征是虚实结合,而非通常认为的情景交融。我的毕业论文《从虚实结合谈中国传统诗画的意境特点》他给与了较好的评价,顺利通过。

袁良骏(现代文学)

所谓精神胜利法就是不敢承认自己的奴隶地位,不敢承认自己的失败,而用自欺欺人的办法来麻木自己,使自己得到精神上的一些满足和安慰。所以精神胜利法是一种精神鸦片,是反对反抗的麻醉剂,阿Q却拿它当反压迫的武器,可见他的不觉悟。他是受压迫的,但不去行动反抗,而是精神的胜利,所以他永远摆脱不了受压迫的地位,而且每次他都有自己对受压迫的解脱办法,这就反映出当时中国普遍存在的一种阿Q精神,即外国的物质文明当然好,而我们的精神文明更好。实际上是不承认中国精神物质的落后,这种现象在当时是大量出现的,鲁迅认识到了这种消极现象的危害。

孙玉石（现代诗歌流派）

千百年来一个古老而年轻的问题，一直围绕在人们的头脑中——诗是什么？对于这个问题，我们祖先中的大诗人给了种种回答。历史的声音总是在现代人中引起不同的反响，这种反响和艺术探索的新的声音汇聚在一起，往往就构成和决定了建立一种什么样的艺术流派和艺术派别……马雅可夫斯基认为诗是"炸弹和旗帜"，郭沫若说诗是"诗人诗意诗境的自然流露，是诗人创作人格的表现"，艾青说"诗永远是生活的牧歌"。在这些清晰的回答中，我们又看到了一种神秘的自白，使我们进入了一个陌生的诗的领域。正如美国诗人米勒说的：

一首诗只是

用你的两手轻轻托着，

儿童柔发的脑壳，

并且，压低你的呼吸，以免

惊动一只飞虫的翅膀，

耳语说：

"看！"

这是用一种象征形象，在恬静中给你一种甜蜜的暗示和神秘的美感。另一个美国诗人莫瑞说："诗是情人与海，诗不完全是真的，也不完全是假的。"这种对诗的回答不是理论的说明，其中有一点值得我们注意，他们用形象、用比喻所阐释的诗的特征和内容，显然和以前浪漫主义的说明是不同的，这种比喻更能概括象征派的诗歌特征。象征派的诗有一种像婴儿般朦胧的美，是一种暗示，不全是真的，也不全是假的，像情人与海一样，给人一种幽深莫测的感受。

孙玉石先生讲课常是读讲稿，但因讲稿太精彩，所以毫不觉枯燥。从一些章节的标题就可看出他追求的唯美授课风格："一场朦胧的'微雨'""并不美的'美的世界'""每棵松树都是为松林而鸣响的"，标题本身就是诗性的。经他点评的我的课堂作业，后经修改以《飘来了一声清脆的鸟啼》为题，发表在当年《诗歌报》的创刊号上。

严家炎（现代文学）

茅盾的短篇小说以《林家铺子》《春蚕》为代表，弥补了《子夜》忽视农村的缺点。这些小说写了1932年"一·二八"上海战争前后的动乱生活。《林家铺子》中林老板的破产，并非是他不会做生意，而是有其社会原因。随着日本帝国主义的政治、经济侵略，中国许多大工业倒闭，这种情况也影响到了小城镇，使小商业者的资金周转不开，造成了破产。通过这个小镇商店的破产，暴露了半殖民地半封建社会经济破坏的程度，农民连小货都买不起，具有典型意义。像林老板这样的小商人的命运，同样是和社会的没落相联系的。他虽然可同情，但又有他

严家炎先生．罗雪村绘

剥削的一面，只不过与主要矛盾相比，显得是次要的。小说对这一点作了相应的批判。《春蚕》是写的农村生活，背景是"一·二八"上海的动乱中农村既养蚕又种地的农民的破产。当时中国的蚕丝在国际市场受到美国纽约和法国里昂的蚕丝压迫，又争不过日本的蚕丝，因此情景十分不好。但是为了苟延残喘，就要拼命剥削蚕农。作品塑造了老通宝和多多头两个不同性格的典型形象。《林家铺子》《春蚕》是茅盾创作题材上的改变，并在艺术技巧上有所突破，表现了作者从内容到形式上的探索和进取精神。

闵开德（鲁迅文学思想）

鲁迅主张文学要真实地、合情合理地刻画人物形象。在人物形象的塑造上，反对简单化、绝对化的做法。他对《三国演义》中的人物塑造不很满意，认为有简单化的倾向。而对《红楼梦》则给与了很高的评价。《红楼梦》在人物塑造上和以前"好人一切都好，坏人一切都坏"完全不同,是一部不可多得的好作品。鲁迅并不是反对人物的典型化,而是反对人物的绝对化和简单化,不能任意歪曲真实,不合常人的逻辑。文艺作品是从审美的角度来反映生活的,文艺作品的写丑,目的是让人们爱美憎丑,所以作者在写丑恶时应该有慎重的考虑、鲜明的目的,不能自然主义地陈列。那些对表现精神世界无关的东西,即使不是丑恶的,也无需表现。丑恶的东西如和人物的心灵有关,当然可以写,如果无关或必要性不大就不一定写,如果有副作用就更应该慎重考虑。像绘画、雕塑这些直接造型的视觉艺术,直接作用于人的感官,一般来说应该更多地表现美好的东西,要准确恰当,如果无目的地画入鼻涕、大便,就给人一种不舒服的感觉。

佘树森(当代散文)

冰心在《海恋》一文中说:"对于涌到我眼前的一幅一幅童年时代的、镜子般清澈明朗的图画,总感到惊异，同时也感到深刻的喜悦和惆怅杂糅的情绪。"这种情绪像温柔的针刺入纤弱嫩软的心，而纤弱嫩软正概括了这个女作家的气质。她的作品就是生活在这颗心所引起的共鸣中，当然这种共鸣不可避免地带有时代的色彩。在旧中国，她向往和热爱光明和美好的事物，但周围是那样的黑暗。所以她把这种爱寄托于自然和母爱，她在四海皆秋气的环境中，用自己的笔创造了光明而美好的境界，这种主观的感情与客观现实的矛盾，使她的作品是这般的"满蕴着温柔，略带着忧愁，欲语又停留"。在清丽优美之中，透着几分凄清和冷峻。

佘树森先生不仅课讲得好，本人也是一位优秀的散文作家。我做编辑后，一直想组一本他的书出版，可惜先生体弱多病，英年早逝，未能如愿，对讲台和文坛都是一个损失。

侯忠义（文言小说概论）

《世说新语》的创作时间跨度长，内容复杂。时代大约涉及三百多年。东晋统治阶级的各种特征都有所反映。人物众多，良莠亦记。人物虽然复杂，但重点是记名仕的事情，鲁迅说："《世说新语》差不多就可以看作一部名仕的教科书。"

侯忠义先生 . 罗雪村绘

《世说新语》表现的是魏晋士大夫阶级的真实思想，对我们认识历史提供了丰富的材料。作品尽管宣扬了封建道德，但对士大夫的思想也提出了批评。

《世说新语》主要是从记言和记事两个方面来创作的，艺术水平被前人一致推崇，有言约旨远、冷峻隽永的特点。语言简洁而又委婉曲折，含义深奥，耐人寻味，应对巧妙，意境高远。如《王戎有好李》，三句话十六个字，就把一个贪婪吝啬的人物性格刻画出来："王戎有好李，卖之恐人得其种，恒钻其核。"《世说新语》在描写人物行动时，精练准确合乎人物的身份性格，同时做到了形象生动，令人难忘。它的基础手法是白描，常常抓住人物的主要特征，用白描的手法把人物活灵活现地展现出来。

侯忠义先生是给我们授课较多的老师，"中国古代文学史"大部分由他讲授，后又开了专题课"文言小说概论"。他讲课喜欢即兴调侃，所以课堂气氛较为轻松。工作后我曾邀学兄于润琦为我社编纂了一套《清末民初小说书系》，共十卷本。鉴于侯先生是这个领域的专家，又有师生情谊，故《书系》的序言就是请侯先生写的。

周先慎（明代文学）

《牡丹亭》中的杜丽娘表面上是个痴情女子，为相思而死，实际上是被封建礼教迫害而死。她向往人生的爱情生活，对她所受的禁忌是厌恶的，有反抗的。但封建礼教的影响在她身上打下了很明显的烙印，投下深深阴影，严重束缚了她的行动和理想。正如春香所说："名为国色，实守家声。嫩脸娇羞，老成尊重。"这简直成了杜丽娘思想性格非常准确的概括。杜丽娘的反抗是含蓄而近于矜持，娇羞而近于懦弱，同春香相比，可明显看出她受封建礼教影响的深重。同样是不满，但她们的反抗方式特点各有不同。杜丽娘内心世界对青春和爱情的追求，与她所受的礼教相矛盾，因此构成她思想的矛盾，才产生苦闷。虽然她含蓄娇羞，但在反抗中依然还是前进了，一旦到了梦境中，与柳梦梅相爱是那样的大胆、主动，但还魂后面对柳梦梅的追求，却又说"鬼可虚情，人须实礼"，这是十分真实的性格特点，符合贵族小姐的身份、地位、教养，在艺术上是可信的，在思想上也是深刻的。生而致死，死而复生，这也表现在他们爱情的特殊情节上。古代女子由于礼教的束缚，男女授受不亲，所以爱多是一见钟情，而杜丽娘连一见钟情的机会都没有，只能在梦中相爱，这是一种浪漫主义的幻想手法，但却是在当时社会现实的基础上所产生，所以是扎根于现实生活之中的。

蒋绍愚（《荀子·赋篇》）

赋是一种韵文，但与《诗经》没有多大关系，也不同于"骚"。赋与《楚辞》的关系比较密切，但仍不是一回事。赋起源于荀子的《赋篇》，其发展大致可分为四个阶段：1.古赋，即汉赋，篇幅一般较长，散文成分较多，用的难字较多，这是时代的特点，也是赋本身的铺陈特点所决定的。代表作家是司马相如、扬雄、张衡、班固。2.俳赋，是一种押韵的骈文，形成于汉魏六朝，代表人物是江淹、庾信。句子往往两两相对。它与骈文不同，是押韵的，骈文不押韵，但俳赋讲对仗，这就使赋中只有俳赋与骈文有相似之处。3.律赋，是唐宋时期科举考试所采用的一种试体赋（不展开，见书）。4.文赋，采用散文的手法来写的赋，除押韵以外，其他都与散文相同。赋的总特点是铺陈，《文心雕龙·诠赋》中说："赋者铺也，铺采摛文，体物写志。"一是对事物要从不同的角度来详细描绘，主要是园苑作品，如司马相如的《上林赋》；二是同一方面的事物从不同方面广为描绘；三是极度夸张，描写不厌其详，辞藻不厌其美,夸张不厌其奇。铺陈运用得好,可以加强表现力,如《阿房宫赋》,运用不好,效果适得其反,如《上林赋》,因此扬雄说:"繁华损枝,膏腴害骨,无贵风轨,莫益劝诫。"

黄修己(赵树理研究)

一个好的作家,往往他同时是一个思想家,读者也会从作品中受到思想教育。但读者更多的是从作品中得到美的享受,这是一种娱乐。如果一个作家只会对政治思想进行批评,那么他的创作就是不全面的。艺术鉴赏是文艺批评的基础,而所谓鉴赏就是一种审美活动,首先批评家应该是一个鉴赏家,如果一个人不能领略美,他就不能进行批评。西方把鉴赏分为陶醉型、旁观型、分享型等,不论哪种类型,鉴赏都是一种感情活动,旁观型也是感情活动,只不过是没有忘记自我。审美的趣味是有很大

黄修己先生.罗雪村绘

差别的，这是由所受教育、生活情趣造成的。对赵树理来说，他的艺术创作成就是公认的，他的语言好，口语化，诙谐平常，故事有头有尾，不注重人物的心理分析，往往通过行动表现性格特点。他的小说成就首先在于语言，富有魅力。有人认为语言学就是美学，语言写在书面上就成为文学，它不仅准确、生动地传达思想，而且同时也是一种美的创造，所以语言在文学中就相当于色彩、线条在绘画中的作用，作家应该是语言美的专家，语言则是作家创造美的工具。

黄修己先生的课视野开阔，信息量大，把一门研究乡土作家的课讲得别开生面，新颖丰富，许多概念如发生学、地理批评法等都是在他的课上才第一次听到，令人茅塞顿开。

王理嘉（汉语音韵学）

汉语的音韵结构中，音素是最小的单位，音素连接起来成为音节。汉语是不拼音文字，从字面上看不出音素的成分，所以汉语一般以音节为单位。音节中又有声、韵、调三部分，而韵母又可分为韵头、韵腹、韵尾和声调。唐钺先生的《论声韵组成字音的通则》中把声母称"起"，韵头称"舒"，韵腹称"纵"，韵尾称"收"。刘复（半农）进一步改革，把声母、韵头、韵腹、韵尾、声调称为"头""颈""腹""尾""神"。声母、韵头、韵尾在汉字中可有可无，而韵腹和声调则是每个汉字必须有的。没有韵腹和声调就没有音节，这就是汉字音韵结构的特点，也是汉语音韵结构的基本原则。

周强（戏剧选讲）

所谓悬念，就是观众产生的一种期待的、急切的心情，制造悬念首先要让观众对剧情有所了解，这样才能有一个态度。另外，要预示出人物的命运将要发生变化，但客观上又有难以预料的曲折，使观众不能预感剧情的发展，便产生了预知后事如何的要求。这些特点在西方戏剧中很突出，中国的戏剧也有。这种悬念与唱念做打相结合,能产生很好的戏剧效果。如元杂剧的《赵氏孤儿》,其悬念特点有以下几个方面:1.孤儿的目标很明确、具体,观众易懂;2.孤儿的地位很重要,他要为一家三百多口报仇;3.孤儿的命运很危险,力量十分单薄,而对方的势力很强大。这就引起了观众的极大担心。全戏在总悬念的带动下,随着剧情的发展,还设计了许多小悬念,如第一折的"盗孤",第二折的"搜孤",使观众有兴趣继续看下去。

周强先生的"戏剧选讲"是门选修课,我出于对戏剧的爱好选了这一课。之后写了篇论文《试论中国戏曲的表现与体验问题》,经先生审定,收在我校的学生论文选上,这应该是我发表文章的处女作了。

摘录到此,就像做了一次久违了的复习。虽然只是课程中的一鳞半爪,远不能概括先生们的学问和水平,但却可以管窥他们的学养气质和授课风格。只是有些上过课的老师如褚斌杰、谢冕、乐黛云等,或因笔记找不到了，或因当时笔记记得太潦草，恐有错讹，摘出来怕辱没了老师的名声，只有作罢。特别要提一下谢冕先生，我修过一个学期他讲授的"当代诗歌"，受益匪浅。谢老师当时是朦胧诗的积极倡导者，被认为是"崛起派"的旗帜性人物，他讲课时总是情绪饱满，语言铿锵，是少数站着上课的老师之一，我留有较深印象。北大中文系素有"三巨头""六君子"之说，所谓"六君子"就包括了给我们上过课的乐黛云、严家炎、谢冕、孙玉石四位，这些先生当年多处于中年，年富力强，风华正茂，后来均成为某一学术领域的佼佼者，学界想必对他们都不陌生。如今笔记中的先生们有些已经作古，健在的大多也都高龄，或已陆续离开了课堂，但音容风貌依旧历历在目——曹先擢先生的从容儒雅、袁良骏先生的激情澎湃、黄修己先生的专注投入以及侯忠义先生的轻松诙谐，使得听他们的课成为了一种享受，他们把知识分子的人文风骨留在了讲台，比对当下，已然成为一道遥远的风景，我此刻仿佛才感到当年作为学生的幸运。"笙歌未散尊罍在"，"依旧竹声新月似当年"。当时受益，是因为心智的开启，今天依然受益，却是回味思想的美丽，这才是一个好先生的分量和价值。

境在虚实缥缈间
——古代诗画意境考

钱塘洪昉思昇,久于新城之门矣,与余友。一日,并在司寇宅论诗。昉思嫉时俗之无章也,曰:"诗如龙然,首尾爪角鳞鬣,一不具,非龙也。"司寇哂之曰:"诗如神龙,见其首不见其尾,或云中露一爪一鳞而已,安得全体?是雕塑绘画者耳。"余曰:"神龙者,屈伸变化,固无定体。恍惚望见者,第指其一鳞一爪,而龙之首尾完好,故宛然在也;若拘于所见,以为龙具在是,雕绘者反有辞矣。"昉思乃服。

此文摘于清代赵执信的《谈龙录》,记载了洪昇、王渔洋、赵执信三人对诗歌创作的不同看法，他们以绘画为例，各表主张。这里且不去讨论诗与画的审美区别，对三人的观点也暂不作评价。我们只是看到，他们的论述共同涉及了一个文艺创作如何处理虚与实、藏与露、局部与整体以及有限与无限的问题。

我们读一首诗，看一幅画，常常通过眼前有限的具体形象，不自觉地捕捉和领悟到某种更深远、更博大的东西——郑板桥的墨竹，萧萧数竿，缀满林风雨，并启示你体味画家对民生疾苦的同情。王维诗："空山不见人，但闻人语响。返景入深林，复照青苔上。"只用一束阳光返照于林中的一角青苔，以画外人语的回响衬托林中之静，让人由林中之静去体味深山之空。诗画艺术的生命，美的奥秘就在于此，它把美的内涵和生动的具体形象集中提炼到高度的和谐统一，我们所尊崇的"意境"，就是建立在这种统一的基础之上。

1. 来自"求理象外"的启示

中国传统文化中虚实问题的提出，最早见于老庄的道学。《老子》二十一章中说:"道之为物,惟恍惟惚。惚兮恍兮,其中有象。恍兮惚兮,其中有物。窈兮冥兮,其中有精。其精甚真,其中有信。"又说:"有无相生。""虚而不屈,动而愈出。"《庄子·人间世》中也说:"瞻彼阕者,虚室生白。"在老庄看来,虚比实更真实,是一切真实的原因。没有虚空的存在,万物就不能生长,就没有生命的活跃。老庄之后,《易·系辞》又提出了表达易象在于"其称名也小,其取类也大。其旨远,其辞文,其言曲而中"。即形象需要由小见大,由近见远。这是因为"为道也,屡迁,变动不居,周流六虚"。世界是变幻的,其最显著的表现就是有生有灭,有虚有实,万物在虚空中流动、运化。这些理论在当时还局限于哲学范畴,是就人类认识和表现外部世界的一般规律而言。魏晋以后,随着玄学的兴起以及佛教的输入,虚实的理论开始对文艺的创作产生直接影响。

在玄学中,老庄的思想被进一步发扬。王弼曾说:"故言者所以明象,得象而忘言;象者所以存意,得意而忘象。"(《周易略例·明象》章)佛学则借玄学以光大,它以超脱、空空为旨归,提倡"四大皆空,一切唯识"。它不执着于事物形象本身,而注重于具体形象之外的佛理,即佛家"所求在一体之内,而所明在视听之外"。魏晋南北朝时期,随着佛学的广泛传播,"求理象外"的理论被进一步强调,如释慧琳说:"象者,理之所假,执象则迷理。"到中唐,以慧能为始祖的禅宗创立,它不拘泥于佛经、偶像和信条,而只关注高端价值,即佛经精神,这种价值主要体现为能满足一个人的内在要求,它认为只要主观上有"觉悟"就可成佛。从晚唐起,禅宗压倒其他宗教流派,开始占据统治地位,并在中国思想史上产生了巨大影响。正因为此,中国古代的文艺观,从一产生便带有浓郁的虚无、顿悟色彩。南齐画家谢赫在《古画品录》里就说:"风范气候,极妙参神,但取精灵,遗其骨法。若拘以体物,则未见精粹,若取之象外,方厌膏腴,可谓微妙也。"唐代的许多诗人直接参禅,因而这种论调就更加丰富。如王昌龄所说的"搜求于象,心入于境",司空图提出的"超以象外,得其环中",都是由佛道的思想体系推衍而来,意在要求艺术创作要有自己的认识观，特别是诗画创作在塑造形象时，不应太执着于造化自然，而要做到以虚见实，虚实结合，从而达到更高的艺术境界。正是在此基础上，中国艺术在长期的发展中逐渐形成了独特的审美主张，这种主张左右着诗画艺术的创作实践，也必然对意境的营造产生直接的影响。

2."虚实相生"的画境

宋朝大画家郭熙的《林泉高致》中有这样一段名言："春山烟云连绵人欣欣，夏山嘉木繁阴人坦坦，秋山明净摇落人肃肃，冬山昏霾翳塞人寂寂。看此画令人生此意，如真在此山中，此画之景外意也。见青烟白道而思行，见平川落照而思望，见幽人山客而思居，见岩扃泉石而思游。看此画令人起此心，如将真即其处，此画之意外妙也。"前四句说的是一种能生意的景，他提倡的是和谐的感情化的世界，即"立意定景"，要使景生意，得景外意，之后他又提出"意外妙"的概念，即不只是主观感受受影响，而且应该使人产生行动的愿望。

这就是强调山水画意不是一般的感染力,而是能促使观者思行、思望、思居、思游。在郭熙的理想中,画面的环境是多样的统一、和谐的整体,山水气象表现的,不限于世界、自然的一隅,而是更为广阔的世界、无限的空间。它能传达给人们一种空灵动荡的、画面之外的新境界,即"咫尺有万里之势",因而才有思行、思居、思望、思游的冲动。他在《画诀》中又说:"凡经营下笔,必合天地。何谓天地?谓如一尺半幅之上,上留天之位,下留地之位,中间方立意定景。"强调了绘画要留出天地,中间布置万物,其间的山势水势,由于天地的衬托作用,产生了广阔、深远的空间感觉,并且在空荡荡的地方,使人似感飘渺天倪,具有万千气象。宋代学者沈括在《梦溪笔谈》里曾批评画家李成采用透视立场"仰画飞檐",提出了中国画"以大观小之法"。认为山水画家的视角,并非如常人站在平地某一角度的观望,而是用心灵的眼笼罩全景,从整体来看部分,把全部景色组织成一幅气韵生动、有节奏、有呼应的和谐画面,而不是机械地实摹。画面上的空间,是受画中整体节奏和情调支配的,"其间折高折远,自有妙理",取象时不需要服从透视原则,这与西方油画有着本质的区别。中国画家并非不懂得透视的道理,而是他们的主观意志不愿在画面上只摄取一个角度,以局限自己的视野,而是采取了散点透视的方法"以大观小",从全面的节奏以及虚实间的辩证关系来决定、组织各部分。由此可见,中国画中的虚与实是互为因果、紧密相关的。清初画家王石谷说:"人但知有画处是画,不知无画处皆画,画之所空处,全局所关,即虚实相生法。"笪重光也曾说过:"虚实相生,无画处皆成妙境。"据说王石谷曾画过一幅《风雨归舟图》,画面上只有迎风堤柳数条,远沙一抹,以及孤舟蓑笠而已。有人问:"雨在何处?"方熏答曰:"雨在画处,又在无画处。"(见《山静居画论》)这个回答很妙,"雨在画处"是说画上的堤柳含风,远山隐约,中流一叶等实景,以渲染出一派雨意;"雨在无画处"是说虽然没有雨的笔意,但令人从总体感受上联想到空蒙的无画处,正弥漫着潇潇的雨幕。中国画之所以能化平淡为神奇,比生活更集中更强烈,正是在于这种画面的气韵生动,虚实相生。所以,艺术境界的显现,绝不是被动地描摹自然,山川景物、烟云变幻,不可临摹,需凭胸臆的创构,"神以物游","迁想妙得",才能把握全景。方士庶在《天慵庵随笔》里说:"山川草木,造化自然,此实境也。因心造境,以手运心,此虚境也。虚而为实,是在笔墨有无间。故古人笔墨具此山苍树秀,水活石润,于天地之外,别构一种灵奇。或率意挥洒,亦皆炼金成液,弃滓存精,曲尽蹈虚揖影之妙。"这段话概括了中国绘画的核心理念和境界。不仅绘画,中国传统书法理论中也有"记白以当黑"之语,就是把空白当笔墨来对待,力求意到笔不到,将空白有机地融入整幅作品的格局之中,不仅造成形式上的美感,而且还赋予了某种特定的生命意蕴。唐张怀瓘在《书议》里形容王羲之的用笔:"一点一画,意态纵横,偃亚中间,绰有余裕。结字峻秀,类于生动,幽若深远,焕若神明,以不测为量者,书之妙也。"这里,我们看到书法的妙境通于绘画,虚空中传出动荡,神明里透出幽深,"于天地之外,别构一种灵奇",这就是中国书画造境的最大特点。

3. "有隐有秀"的诗境

法国浪漫主义画家德拉克洛瓦曾说:"在古代和现代的艺术中,美的规律是永恒和稳定的,而美的形式则是极其多样的,这是确定不移的真理。美的各种形式应该服从美的规律,同时又保持自己的独特面貌。那么怎样确定这些美的形式呢?只有审美趣味,只有它才能识别美,使具有想象才能的艺术家把美创造出来。"(《写实主义和理想主义》)

在"审美趣味"上,诗画可谓同源。诗中有画、画中有诗便可说明它们的关系绝不同于和小说、戏剧等其他艺术形式。因此,诗歌意境的创造,同样注重虚实结合的表现手法,使诗境里面有空间、有荡漾,和中国画具有同样的意境特点。王夫之在《诗绎》里说:"论画者曰,咫尺有万里之势,一势字宜着眼。若不论势,则缩万里于咫尺,直是《广舆记》前一天下图耳。五言绝句以此为落想时第一义,唯盛唐人能得其妙。如'君家住何处？妾住在横塘。停船暂借问，或恐是同乡'，墨气所射，四表无穷，无字处皆其意也。"这与笪重光所说"无画处皆成妙境"异曲同工，体现了中国诗画生命情调和艺术理想水乳交融的亲密关系。宋朝欧阳修在《六一诗话》中记载了同时代诗人梅圣俞论述诗歌艺术至善至美境界的一句非常精辟的话，叫作："必能状难写之景，如在目前；含不尽之意，见于言外。"当欧阳修具体问道："状难写之景，含不尽之意，何诗为然？"梅圣俞举温庭筠的"鸡声茅店月，人迹板桥霜"为例，并指出此中奥妙读者只能"会以意，殆难指陈以言"。其实，我们略加分析就可看出，其精妙只在于诗人把六种事物排列在一起，中间不用谓词连接，但却使人从中悟到一个更为广阔的、活生生的画面：天还没有大亮，报晓的鸡鸣声已响起，客店里的旅人要起来赶路了。此刻天空只有一轮残月，赶路人的足迹，印在板桥的晨霜上。诗人从实际生活的众多画面中，提取六种场景加以概括，告诉人们：时尚早，霜犹浓，天已冷，旅客却已踏上了一天的行程，从而透露出行旅人在外赶路的辛苦。因此，诗就好在能"状难写之景"，含"言外之意"，它不自觉地运用了电影蒙太奇的手法，六种事物如特写镜头般组接在一起，便产生了爱森斯坦所说的："把无论两个什么镜头对列在一起，它们就必然会连成一种从这个对列中作为新质而产生出来新的表象。"(《蒙太奇在1938年》)由于这种新质并不直接表露在镜头的画面，而是蕴藏在镜头之间内部的逻辑关系上，随着对这些关系的理解，人们的反应也就从各自独立镜头的直观内容，即艺术形象的媒介，推断出那些没有直接作用于人的感官的、更为广阔、连贯的特征。想象在这里自由而又必然地符合、趋向于某种非既定的理解，也就是中国诗歌所要达到的由实出虚的叙述过程，这就比用一些确定的概念来表达，更要使人心领神会、咀嚼一番了。元人马致远的"枯藤老树昏鸦，小桥流水人家，古道西风瘦马，夕阳西下，断肠人在天涯"，也是运用了这种造景方法，因而使全篇笼罩在一片哀愁孤寂、地老天荒的宽广境界中。诗歌之所以有有味无味之分，就在于它所提供的实境中是否包含着更为深远的虚境，是否能做到"无字处皆其意也"。

中国古代文论也多以精辟的论述支持着这一理念,刘勰在《文心雕龙·隐秀》篇中说:"文之英蕤,有秀有隐,隐也者,文外之重旨者也。"又说:"隐之为体,义主文外,秘响旁通,伏采潜发,譬爻象之变互体,川渎之韫珠玉也。"这里所说的"秀",可以理解为艺术的实境,"隐"就是艺术的虚境,所谓"重旨",就是指辞约而义丰,"文外之重旨"和"义主文外",就是有言外之意,"秘响旁通,伏采潜发",是指内在的含义不是明白说出,而是潜藏的,从旁而发的。他把这种艺术上的"虚"比作变化无穷的八卦和河流中蕴藏的珠玉,表面上看不出什么,但内中包含着"秘响"和珍贵的东西,这就揭示了诗歌意境所具有的虚实相间的隐匿美。司空图也曾有"不着一字,尽得风流""近而不浮,远而不尽,然后可以言韵外之致"的表述,即指诗的意境具体呈现出来,好似近在眼前,生动而不流于浮泛,却能积极调动读者的想象,使人觉得言已尽而意无穷。北宋苏轼进一步强调:"饮食不可无盐梅,而其美常在咸酸之外。"严羽集前人所见之大成，概括为诗贵妙语，专求意兴性情及其与言外之意、象外之趣的内在联系，提出了中国古代文论中一段著名论述——"诗者，吟咏性情也。盛唐诸人唯在兴趣，羚羊挂角，无迹可求。故其妙处透彻玲珑，不可凑泊，如空中之音、相中之色、水中之月、镜中之象，言有尽而意无穷。"(《沧浪诗话》)这些理论殊途同归，都是说诗要有隐有秀，有实有虚，因实见虚，以实悟虚，留出适当余地，让读者去掩卷深思，从而收到"不写之写"的艺术效果。以贾岛的《寻隐者不遇》为例：

松下问童子，言师采药去。只在此山中，云深不知处。

三番问答只精简为四句，以三答暗示三问，以简笔写繁情，益见其情急与情真。三番问答逐层深入，表达感情有起有伏，而最关键之处，在于诗的设物十分简洁，不过郁郁青松，悠悠白云，但象征性极强——未见隐者先见青松，苍翠挺立中隐含高洁风骨，亦即无穷希望；而后则白云茫茫，深邃杳霭，捉摸无从，令人起秋水伊人无处寻的浮想，唯其如此钦慕而不遇，就更突出了贾岛失望、怅惘的心情了。

因此，"有秀有隐"可以说是诗歌创作的一个规律，大门敞开，一览无余，就乏味道，柳暗花明，曲径通幽，才有滋味。古画的"深山藏古寺"，不把庙宇画出来，而仅画幡竿数支；画龙不画全龙，而以云气相遮。其艺术魅力亦巧在不直，是"象外之旨"，要靠读者去体味、领悟和联想。因此，所谓意境不是一种诉诸冷静的实用或认识，而是能诉诸情感的关照与想象，特别是经过想象、艺术的画面把你引向更为广阔的自由的领悟和欣赏，形象的直接性在这里主要只是作为一种特殊的媒介，它必须超乎自身本来的意义，传达出深远的情感、思想、物状，才能形成意境所特有的艺术魅力。

4. 实为基础、贵在包孕

中国传统诗画的意境是虚实结合的产物，但艺术的虚却要以实为基础。五代画家荆浩虽一再强调气韵的重要，但却同样主张"度物象而取其真"。认为只有真，才能"象质俱盛"。(《笔法记》)清代沈宗骞也说："将欲虚灭，比先之以充实；将欲幽邃，必先之以显爽。"(《芥舟学画编》)具体到意境创造，笪重光在《画筌》中说："空本难图，实景清而空景现。神无可绘，真境逼而神境生。"邹一桂在《小山画谱》中也说："实者逼肖，而虚者自出。"他们都扼要指出了诗画意境的创造，不仅不能离开实，而且必须建立在高度提炼实的基础上。宋代画家马远被称为"马一角"，在他的山水画中，空间感非常突出，画面大部分是空白或远水平野，只在一角作画，但这里的一角山岩、半截枯木都成了产生联想的媒介，在这高度浓缩的"剩水残山"中，人们被激发荡漾出各种轻柔优美的遐想，传达出了一种淡淡的哀愁和超逸、一种闲适无奈的寂寞和缄默。这些论述和创作实践尽管风貌殊异，却都是主张借助某一具体景象使自我性情凸显，同时又使万物气象性情凸显。因此，宋人范晞文的《对床夜语》说："不以虚为虚，而以实为虚，化景物为情思。"秦少游心中孤独凄凉的哀伤,体现于孤馆、斜阳,写出"可堪孤馆闭春寒,杜鹃声里斜阳暮",才显出哀伤凄厉的境界。假如秦少游的哀只是埋藏在心中不着一字,那就无词可言,更无意境可言了。

虚由实而出,这个实是被诗人、画家的主观立意深思过的,既不是繁琐的精雕细刻,也不是依样画葫芦地照搬照抄。明朝李式玉曾有过这样的批评:"乃今之画者,观其初作数树焉,意止矣,及徐而见其势之有余也,复缀之以树,继作数峰焉,意止矣。及徐而见其势之有余也,复缀之以峰,再作亭、榭、桥、道诸物,意亦止矣。及徐而见其势之有余也,复杂以他物。如是,画安得佳。即佳,又安得传乎?"(《赤牍》)诗歌创作也是如此,明代慎行说:"近代之诗如写照,毛发耳目,无一不合,而神气索然。"(《谷山笔尘》)可见,诗画中的实境要点是"取之精粹",选择典型的、具有概括性的片段,以免"一概画之"。郭熙说:"凡一景之画,不以大小多少,必须注精以一之,不精则神不专。"(《林泉高致》)即要求画家通过精确再现生活的某一有创意的方面，把复杂的内容用精练的形式加以提炼，也就是所谓的有"包孕"。"包孕"是一个外来词，见于启蒙主义领袖莱辛的著作《拉奥孔》，莱辛提倡艺术要反映生活中有包孕的片刻——也就是最有含义、最耐人寻味、最能引起人们想象的片刻。"既然在永远变化的自然中艺术家只能选用某一顷刻，特别是画家还只能从某一角度来运用这一顷刻；既然艺术家的作品之所以被创造出来，并不是让人一看了事，还要让人玩索，而且长期地反复玩索，那么，我们就可以有把握地说，选择上述某一顷刻以及观察它的某一角度，就要看它能否产生最大效果了。我们愈看下去，就一定在它里面愈能想出更多的东西来。我们在它里面愈能想出更多的东西来，也就一定会相信自己看到了这些东西。"（《拉奥孔》）中国艺术尽管在观念上与西方有所差别，但对某些问题的看法，在精神追求和创作规律上则相通。谢赫把"气韵生动"列为绘画"六法"之首，就是要求绘画表达出形象内部活跃的生命力和画面的扩张性，如果绘画所选取的某一"片刻"缺少包孕，那么画面势必会淡然无味，不过是"《广舆记》前一天下图耳"。因此，明代画家李日华在《紫桃轩杂缀》里说："写一树一石，必有草草点染取态处。写长景必有意到笔不到、为神气所吞处，是非有心于忽，盖不得不忽也。"八大山人画一条生动的鱼在纸上，别无所有，令人感到满幅是水。齐白石画一枯枝横出，站立一鸟，别无一物，但用笔的神妙，令人感到环绕着鸟的是无限空间，这就是庄子所说的"虚室生白"，物象中已注入生命的无穷节奏，画面上表现的是一片无尽的动律，在虚白上呈现的一花一鸟，一树一石，一山一水，都负荷着作者意于象外的无限深意，通过联想，使人得到一个新颖别致的艺术世界。

诗歌创作也是如此的。一般来说，生活中任何一个事物、场景，行为的任何片刻，或多或少都蕴藏有某种含义，诗人应选取蕴藏量最大并有代入感的片刻入诗，以尽可能丰富地拓展诗的意境空间。要达到这样的效果，必须深思、精思、苦思，皎然在《诗式》中说："取境之时，须至难至险，始见奇句。成篇之后，观其气貌，有似等闲，不思而得，此高手也。"以柳宗元的

《江雪》为例：

千山鸟飞绝，万径人踪灭。孤舟蓑笠翁，独钓寒江雪。

诗中以"鸟飞绝"的"千山"，"人踪灭"的"万径"为广阔背景，在万象俱寂的环境中，一老翁在垂竿独钓。这些实景概括性极强，寥寥二十字，已勾勒出一个孤冷、寂寥的现实境界。永贞革新失败，柳宗元被贬为永州司马，这使他感到十分沮丧，但又不甘屈服。在这幅江雪图中，他以孤独的老翁自诩，流露出一种孤芳自赏的情绪，同时，写景中亦含比兴之意，画面的冷寂使人联想到当时政治形势的险峻和诗人处境的艰难。这幅"江雪"画面形象优雅，含有一种不同凡响的幽静美；意境深邃，含有一种超于象外的思想上的寄托。诗人在构思时，显然经过了一个"至难至险"、深入浅出的过程，所以，在"成篇之后，观其气貌，有似等闲"。皎然认为，能做到这一步就是高手了。

5. 有意境则自成高格

清末学者王国维以"境界"作为评价诗词高下的准则，他说："词以境界为最上。有境界则自成高格，自有名句。"（《人间词话》）甚至还说："文学之工不工，亦视其意境之有无，与其深浅而已。"在他心目中，境界就是好作品的标志。但是，何以谓之有境界？一般人都以王国维说的"能写真景物真感情者，谓之有境界。否则谓之无境界"和"写情则沁人心脾，写景则在人耳目，述事则如其口出是也"（《宋元戏曲考》）为标准。实际这只是总结了前人传统的情景说。如司空图所讲"思与境谐"，王世贞所讲"神与境合"，王夫之所讲"景生情，情生景"、情景"互藏其宅"，等等。不可否认，"情景"说的确是中国古代艺术创作的一条重要原则，艺术创造中情与景往往是融为一体的，景语即情语，这颇似黑格尔所说的："在艺术里，感性的东西是经过心灵化了，而心灵的东西也借感性化而显现出来了。"这说明艺术创作，是要经过作者主客观元素的整合。一些风景诗作，乍一看好像在单纯地描写自然风光，花鸟虫鱼，实际上蕴含着诗人丰富的感情，正所谓"感时花溅泪，恨别鸟惊心"。因此有人则说，以情写景意境生，无情写景意境亡。但如果进而把情景交融与意境等同起来，就把意境问题简单化了。因为，任何真正的艺术作品，总是有主观客观两种因素，总会与我们的情感发生某种关系。任何艺术都不独占这种关系。"没有感情这个品质，任何笔调都不可能打动人心。"（狄德罗语）因此，假如只是一般地通过感情和景物相交融的关系来解释意境，就不能全面而深刻地认识关于意境原则的全部奥妙，只有超越意境朦胧的情感现象，从其自身的规律来解释它所具有的特殊、必然的力量，才能得出符合中国传统诗画的意境答案。蔡小石在《拜石山房词》里有一段描述："夫意以曲而善托，调以杳而弥深。始读之则万萼春深，百色妖露，积雪缟地，余霞绮天，一境也。再读之则烟涛澒洞，霜飙飞摇，骏马下坡，泳鳞出水，又一境也。卒读之而皎皎明月，仙仙白云，鸿雁高翔，坠叶如雨，不知其何以冲然而澹，翛然而远也。"江顺贻评之曰:"始境,情胜也。又境,气胜也。终境,格胜也。"这里,前人把境界分为三层,宗白华先生把第一境概括为"直观感相的渲染",第二境概括为"活跃生命的传达",最后一境概括为"最高灵境的启示"。所谓"始境,情胜也",宗先生解释为"心灵对印象的直接反映"。(见《美学散步》)这里我们可以看到,感情作用仅仅是始境,而意境是一个境界层深的构造,除情胜外,还要"生气远出"(气胜),"映射着人格的高尚格调"(格胜)。从直观感相摹写,到活跃生命的传达,直至最高灵境的启示,逐层深入,其旨趣在第三境层,这才是中国艺术传统在"拈花微笑"里领悟色相中微妙至深的理想境界,假若有情有景的诗便成"高格",那么我们又将如何恰当评价以"气胜""格胜"的作品呢?因此,王国维"高格"的含意,我们并不能仅仅解读为情景交融,而要从古人传统的意境理念来加以理解。

当然,要想诗画达到"高格",有一个对虚实手法运用把握的分寸问题。如果过多注意具体事物的描绘,就不免使艺术失之拘泥,影响和局限艺术作品广阔的联想天地。但如果相反,艺术作品只重虚境的渲染、烘托,不注意具体形象的媒介作用,就会使艺术意境失去赖以存在的基础,即我们通常所说的流于空寂、浮泛,失之玄虚,脱离实际。因此,清代刘熙载在《艺概》中说:"东坡《水龙吟》,起云'似花还似非花',此句可作全词评语,盖不离不即也。"就是说艺术既不要粘着于具体事物,但又要切合具体事物。意境是虚实结合的产物,只有实则不成其为意境,但虚是由实的启发而得来的,"实景清而空景现"。读诗赏画必须进入具体实境中去求"秀"象内,又必须跳出实境的描写,取"隐"象外,王船山所说"以追光蹑景之笔,写通天尽人之怀"(《诗绎》)可以说是诗画艺术的最高理想,艺术成就的最高阶段。

通过上述分析,我们再回到本文的开头,便可对洪昇、王渔洋、赵执信对诗的三种理解做一个评价:在三人的观点中,洪昇求"全",王渔洋执"偏",都未免有片面性。求"全"往往会导致面面俱到,主次不分,以致失其意蕴及精粹。而执"偏"的结果则容易失之破碎、虚无，给人不知所云之感。赵执信提出的通过描写"一鳞一爪"使全龙"恍惚望见""宛然若在"，则是充满着虚实相生的辩证法，因而更符合诗画的意境特点，符合艺术的创作规律。中国诗画的意境理论，从它的诞生到发展，都受到了老庄、玄学，特别是佛学等思想的影响，从而形成了自己独特的美学形态。尽管宗教玄学的理论，最终无非是在倡导唯心史观，提出客观现象不是认识的目的，不能执着地追求，但它们的终极目的以及论证、演绎过程，却具有相当的合理性，因此，才对中国古代文艺形象理论的发展，产生如此深远的影响。

姑妄考之，求教于读者。

人类文明的永恒魅力
——俄罗斯艺术博物馆印象

如果确有时间隧道,以供我们回溯历史,那么博物馆就是这样一条永久性的隧道。古希腊缪斯神庙的庆典,已在漫漫的岁月长河中渐行渐远,然而由此开启的艺术珍藏传统,千百年来已逐渐为人类所继承发展,日臻完善,终铸成一扇扇"通向历史的窗口"。

优秀的艺术具有普世价值,为全人类所共爱。也许彼得大帝的收藏癖好启蒙了俄罗斯人的文物保护意识,使各种类型的博物馆得以建立,林林总总,构成了俄罗斯一道亮丽的风景线。在俄罗斯众多的博物馆中,最具有普遍意义的是艺术博物馆,它是俄罗斯国家文化的重要组成部分，而其中尤以绘画造型艺术最有影响力。在莫斯科古老的沃尔洪卡大街上，矗立着一座罗马式古典建筑，沉稳而庄重，这就是国立普希金造型艺术博物馆，其地位之重要为莫斯科之首。我们的俄罗斯艺术之旅，不妨就从这里开始。

普希金造型艺术博物馆所收藏的世界各国各流派艺术家的杰作约为54.3万余件，从古埃及、古巴比伦一直到现在。俄国人的文化观是世界性的，然而古代文明资源的欠缺，使该馆的古代艺术部分，以收集和定做世界古代文化杰作的模型和复制品为主。虽然那独具异国情调的"意大利小院"陈设大厅，院中威武高大的骑士令人仰视，名作《大卫》体魄雄健，魅力犹在，但想到这些只是复制品，也就不会过多流连。普希金造型艺术博物馆的骄傲，是以法国印象派和后印象派，以及现代先锋派画家为主的真品收藏，几乎囊括了这一时期所有欧洲著名画家的代表作。在柔和的吸顶灯光下，一幅幅我们平时只能在印刷品中看到的名画，一一呈现在眼前。从德加粉笔下朦胧的舞女到梵高明快线条中的街景，无不向人们展示了一批画家对这个世界的认知和理解。"依据其调子而不依据题材本身来处理一个题材",这就是他们创作上的共同追求,而他们各自的作品又迸发着对艺术创作的独特思考和个性表达。面对塞尚的《野浴德福女》,我们不难从缺少质感的平面色调上,看出一颗颗骚动着的灵魂,和画家不安的创作冲动;站在马蒂斯的《红鱼》前,率意狂简中的栩栩生气,已表现出一种嬗变后的沉着和坦然。这是一次运动过程的形象体现,从印象派走向野兽派。而这种运动中的过程,我们同样可以从毕加索个人的创作中感受到:《球上的少女》还是一种现实主义的延续,之后则是如晶体剖面般折射幻化的"新古典主义"尝试,最后终于落脚于典型的立体主义风格,作品诚实而清晰地镌刻出画家艺术探索的每一条轨迹,阶段分明。莫奈、马奈、雷诺阿、高更、毕加索……艺术河汉中璀璨的明星们以自己的创作使人不忍离去,唯有一次次地加深着"印象"中的印象。可以毫不夸张地说,这套收藏无愧是世界最佳的,代表了这一时期世界绘画的主流价值。

与世界性收藏的博物馆不同，莫斯科有一家专门收藏本国艺术品的机构，这就是著名的特列季亚科夫美术馆。它位于幽静的拉夫鲁申巷，是一栋如童话般美好的俄式楼阁，正面装饰着莫斯科的旧城徽——骑马的常胜将军格里戈里挥剑刺杀一条毒蛇。这家美术馆最早是由特列季亚科夫兄弟开办的私人美术馆，十月革命后被宣布为国有财产。它以收藏6万多件11至20世纪俄国艺术品而成为世界最大的古俄罗斯及苏联艺术品收藏机构，尤其以巡回展览派作品和众多的俄国杰出文化活动家肖像画而引人注目。很不凑巧，当我辗转寻找到这家美术馆时，它却因展厅的面积和科研、修复等工作的房屋不足，而正在进行较大规模的改建，停止了展出。它所收藏的本世纪20年代以后的作品，被移至莫斯科河边的"艺术家中心"，其中不乏格拉西莫夫的《雨后》和布隆斯基的《列宁在斯莫尔尼宫》等名作，加之《勇士》等名画正在这里举办的瓦斯涅佐夫个人画展中展出，使我稍有补偿。当然，也还有一个意外收获，即在这里购到了一本特列季亚科夫美术馆的画册，里面收入了美术馆收藏的主要作品。这在当时是很难碰到的，实属幸运，但我仍因未能一睹特列季亚科夫美术馆的全部精粹而深感遗憾。

大约在19世纪末的俄国，几乎同样出于一种遗憾，亚历山大三世在慕名亲临了特列季亚科夫美术馆后感慨道："莫斯科真幸福！我们彼得堡根本没有类似的博物馆。"于是主持通过了一项决议，即在当时的俄国首都彼得堡开办一家俄罗斯艺术博物馆，以补首都之不足。这就成了今天彼得堡俄罗斯博物馆史的开端。这座博物馆于1898年在彼得堡最美丽的建筑物之一米哈伊洛夫斯基宫开幕。该馆的基本收藏是沙皇郊外行宫、艾尔米塔什博物馆、美术院、私人收藏等转交过来的俄国艺术珍品。莫斯科博物馆与彼得堡俄罗斯博物馆在作品风格上仿佛是互为补充的，如果说前者所藏以19世纪下半叶美术家和民间的、非官方艺术家的作品比较完整，那么由于历史的原因，俄罗斯博物馆里所藏18世纪和19世纪上半叶的美术家作品则比较完整。由于沙皇皇宫设在彼得堡，大批高官重臣均住在这里，为富有的订货人服务的画家向往着这肥硕的艺术买卖市场，加之权威的美术学院也设在这里，因此，俄罗斯博物馆积累了大批学院派和宫廷派的美术精品。我们在布留洛夫巨幅的《庞贝城的末日》下，于天灾降临时人们惊恐的眼神和舞台效果般昏红的背景里，感到古典主义营造悲剧笔调的力量。而阿伊瓦佐夫斯基的《巨浪》又以磅礴的气势，给人展示出理想主义写实派画法的完美。然而最令人震撼的，要属列宾的传世之作《伏尔加河上的纤夫》，十个不同的姿态和表情，凝聚为一个变化的统一体，迸发出柴可夫斯基琴键下沉着而富有意志力的雄浑旋律。于是我们理解了斯塔索夫的话："谁只要看一看列宾的《拉纤夫》，谁就会相信，作者对自己眼前所发生的事情是深为理解、深为激动的。他把那些用铁铸成的、带着粗壮而紧张得好像绳索一样血管的手描绘得动人肺腑……列宾笔下的纤夫是充满生命力的！"这幅作品无论在技巧上或是思想上，都达到了19世纪70年代俄国批判现实主义艺术的高峰。而列宾的另一幅代表作《查波罗什人写信给土耳其苏丹》则给人一种明朗而豪爽的性格展露，画家以惊人的技巧描绘出二十个不同气质的哥萨克壮士，具有浓厚的戏剧场面效果。除此之外，苏里科夫、希什金、列维坦等名家的人物、风景力作，几乎给人一种现实主义画法已发展到了极致的感觉，于是似乎理解了现代派画家另辟蹊径的某些苦衷。这些作品多少弥补了我在特列季亚科夫留下的遗憾，但最终令我陶醉的，是在明丽的涅瓦河畔。

滔滔的涅瓦河涌动着流向夕阳中金黄的芬兰湾，在它将要冲破河道拥抱大海前的那段流程上，伫立着一座富丽堂皇的华美建筑，不凡的外表似在向人们预示着它内在的富贵和丰盈，这就是举世闻名的艾尔米塔什博物馆。从建筑格局和馆藏规模上看，它都和伦敦的大英博物馆、巴黎的卢浮宫及纽约的大都会艺术博物馆共称为世界四大艺术博物馆，在俄罗斯无疑是首屈一指的。

我们从涅瓦大街拐进冬宫高大的半圆形拱门，古老的冬宫广场于我的印象中，是 1917 年起义队伍攻占临时政府时的战场。对面那座淡绿色辉煌的宫殿作为叶卡捷琳娜二世女皇的私人博物馆，建立于 18 世纪末。在当时流行欧洲的宫廷绘画陈列馆风气的影响下，本已起步晚了的叶卡捷琳娜女皇开始不惜重金收购着世界艺术珍品，这中间也有政治上的考虑，为了提高俄国皇室的威望，女皇必须做一些引人注目的事。在很短的时间内，这座陈列馆便占据了欧洲的首要地位，到了19世纪中期，艾尔米塔什聚拢的艺术瑰宝，对俄罗斯文化的意义越来越重要。此时它虽已打破了女皇"只有老鼠和我来欣赏这一切"的私人所有的性质，但仍是少数穿燕尾服和军官服阶层的世界。只有在1917年十月革命后，艾尔米塔什才真正成为普及性的博物馆，收归国有的艺术品急剧扩大了博物馆的收藏数量，至今已具有270多万件各个时期、各个国家的艺术精品，成为一座名副其实的世界艺术宝库。

  漫步于迷宫般豪华的大厅，这里的感觉完全是与众不同的。精美华贵的装饰和庞大的气魄，处处显示着这是一座高贵的皇家建筑，而与之相匹配的，则是世界顶级的艺术展示。其中最古老和最丰富的部分是西欧艺术藏品。当年十字军东征所诱发的欧洲历史格局，在此体现为艺术对中世纪反叛后的高度繁荣与富有。这里陈列着文艺复兴时期所有伟大美术家的众多作品，令人目不暇接，竟然有了一种难以承受的奢侈感。我的目光不由自主地停留于文艺复兴的三杰——达·芬奇的《戴花的圣母》具有平民意识，圣母神态亲切自然，虽是早期代表作，但对于空气透视法之谙练，以使画面显出生动和立体；而拉斐尔的《科内斯塔比莱的圣母》则在端庄圣洁中残存着某些拜占庭艺术的遗风；米开朗基罗的雕塑《卷缩着的小男孩》似乎呈现的是一种肌肉生命的成长史，一如他始终如一的创作风格。此外，鲁本斯笔下的女人体在奔放中涌动着夸张了的青春活力，这与乔尔乔内安详柔和的裸女形象形成鲜明的对照。威尼斯的骄傲提香、佛罗伦萨的代表波提切利、巴比松派的典范柯罗、浪漫派的旗帜德拉克洛瓦，以及西班牙骄子戈雅、荷兰大师伦勃朗等等众多绘画杰出人物各展风采，共同烘托出世界绘画史上辉煌的一页。还需提到的是，艾尔米塔什收藏的西班牙作品是世界上最好的，法国作品也是除法国本土之外所藏最多的，另有古希腊、古罗马的雕像、花瓶等陈列于一楼的 40 多个大厅里。

然而,艾尔米塔什并没有只把收藏的兴趣留在欧洲,东方文化的灿烂同样诱惑着它的欲望。在馆厅的东方部陈列着古埃及、印度、中国、日本等国家的艺术品,其中远东艺术部收藏着俄罗斯最多的中国艺术品和文物。最古老的展品中包括殷商时代的甲骨文,而蒙古诺彦乌拉考古挖掘出土的珍稀丝绸和绣品,应该佐证了汉代匈奴人文化的构成特点。除此之外,我还看到了中国 12 世纪的纸画《月神》和近代绘画大师任伯年、齐白石等的墨迹。身在异国他乡,却面对如此熟悉的东方神韵,不知欧洲人是否真正理解这水墨丹青中的奥妙,但能跻身于艾尔米塔什的艺术豪门之列,足以证明了中国文化的价值与影响,它以自身独特的风格和深刻而自信的内涵,使其魅力别具一格。

说到东方艺术,也许我还应该提一下俄罗斯的东方艺术博物馆,这座地处莫斯科市中心的古老楼房,从外表上看并没有什么特别,但它却是俄罗斯唯一一家系统收集俄罗斯中亚地区和外国东方艺术品的博物馆,共收有绘画、雕塑、装饰与实用艺术品近4万件，体现了俄罗斯中亚地区、外高加索、西伯利亚和中国、日本、朝鲜远东各地，以及印度、伊朗等亚洲国家的文化特征，构成了俄罗斯文化财富的一个重要组成部分。

中亚大地曾经是古代文化的发祥地之一，神奇的卡拉库姆大沙漠上曾有过繁荣的农业文明。东方艺术品博物馆收藏的九件赤陶祭杯，就是农耕文化的最早文物。此外，色彩艳丽的帖木儿和帖木儿王朝时代的画砖、土库曼地毯和壁毯，以及印度的细密画、象牙雕刻等，也都以自己的精湛解释着本民族艺术的特殊品质。该馆最重要的收藏之一是中国艺术珍品，约有一万四千余件，最古老的是商朝的青铜器皿，其中以一只"觚"最为珍贵。绘画作品有临摹唐代画家周昉的《贵妃出浴图》及明代杰出画家仇英的立轴《弃妇》等。这里的中国瓷器也很出色，唐杯是最优秀的展品之一。另外还有罕见的黑瓷花瓶、玉石、木雕和丝纺等制品。这座规模不大的博物馆以其小巧精致的东方情调与欧洲的艺术风格相映成辉，显示了俄罗斯文化积淀的完整性和包容性。

在俄罗斯旅行,感受最深的是它深厚浓重的文化底蕴,包括文学、音乐、绘画和建筑等,其中视觉造型艺术恰恰体现于不同类型的博物馆,展示出不仅是俄罗斯,而是人类整体文明的永恒魅力,令人印象深刻。

刻刀下的黑白世界
——苏联冰雪版画浅析

由于地域的原因,俄罗斯的冬季寒冷而漫长,甚至有些区域常年被冰雪覆盖,成为永久冻土带。因此,俄罗斯的绘画中不乏冰雪场面,许多大画家都对此有别具一格的表现。它们或者是作为主体的环境背景,如苏里科夫的《女贵族莫洛卓娃》;或者直接成为了作品的主题,如列维坦的《三月》、希什金的《冬天的雪松林》。可以说,俄罗斯的民族性格以及由此衍生出来的艺术品质,都与这个国家自然环境的严酷与美丽紧密相连。不过,以往人们总认为冰雪是俄罗斯油画的专属,从而忽略了美术家族中的另一个成员——版画,它在表现冰雪题材时，呈现出一种非我莫属的气质和独特风格，抛开其他功能因素，冰雪版画的表现力与丰富性，较之油画以及其他绘画更加趋于艺术的醒目与纯粹。

几乎所有的版画，都是以和图书联姻为开端而流传于大众。一本名著的插图可以使画家借作品的力量而一夜成名，成为迅速进入人们视野的捷径，这也是许多油画家同时涉猎版画创作的潜在原因。而版画真正占据俄罗斯美术的独特地位，是在苏联时期，这取决于此时的创作更加接近大众的日常生活，从而产生了与社会自然最直接的关联。在热衷于讴歌祖国大好河山的时代氛围下，冰雪题材顺理成章地占据了一席之地，出现了康斯坦丁诺娃、巴甫洛夫、乌申、科瓦连科等一批有影响力的版画家。他们具有扎实的造型基本功，提倡对生活的参与和体验，同时注重对素材加以提炼和升华，为作品注入了足够的激情，使原本以现实主义为着力点的作品中，洋溢着一种开朗的浪漫主义精神。

陀思妥耶夫斯基曾说过："简洁是艺术性的第一个条件。"这句话对于版画来说十分恰当。尤其是木刻，这个最古典版画品种的基本语言就是黑和白，它摒弃了其他形式因素的干扰，将世间万物的形态、色彩、明暗关系皆归纳为黑白两色，用单纯、简约的黑白对比和刀法来组织画面的构成。其中最为典型的是乌申，他的《初雪》系列是一组表现乡村雪季风光的木刻作品，画面省略了所有细节，只在一片黑与白的节奏中悸动，这就契合了环境的色彩元素，而粗犷的刀法和看似稚拙的线条具有高度的概括性，使作品具有明快、犀利、果断的效果。画面里的白与中国绘画中"计白当黑"的美学概念具有完全不同的内涵：中国画的留白是意在象外，表达无限的想象空间；而这里的白则是意在象中，只突出一个具体对象，即冰雪。而要把画面中表现冰雪的白与其他物体的白区别开来，省略细节是乌申的处理方式之一，另外他还改变了白的分布结构，以超越常态来表现出冰雪的覆盖效果，使主题更加明确。在俄罗斯具有同样特点的作品还很多，如卡里莫夫的《冬日》、古兹缅科的《冬天在乡下》等，在这里对比不是目的，而是因对比所产生的和谐——一场从杂乱无章的世俗尘垢中净化出来的、与自然间兴致盎然的对话。

与乌申等善于刻画乡村景象不同,康斯坦丁诺娃的视角是城市,她的代表作《莫斯科的冬天》是一幅套色木刻,黑白之外只加了一层淡淡的棕黄,就像黑白间的变奏,使对冰雪的表现变得丰富。然而在表现力提升的同时,也增加了对作品内涵的要求,使之不能仅仅限于形式上的美。作品的基本原则依然是通过对比来表现冬天的主题。地面、树梢以及教堂的顶部施以部分白色,这是基于城市景观结构所确定的雪的格局,完全不同于乡村中大雪覆盖式的分布。它表现的不是明快,而是一种节制,棕黄在这里取代了白色而成为了画面的底色,其中隐藏着一种阴沉中附带冷漠甚至有些孤独的情绪,而这正是城市所特有的表情,画面因此具有了一种含蓄内敛的精神指向。在视觉上,作品用细微的线条表现云和雪的光影效果,这恰恰也是那层棕黄所发挥的作用,寥寥数笔,便使这里的对比关系不仅是黑与白,还有线与面,两种因素交汇,便呈现出莫斯科冬日雪落无声的静谧与凄清之美。

康斯坦丁诺娃《莫斯科的冬天》

相对而言，油画中的冰雪是用色彩画出来的，每一笔都是构成，但并不是绝对的白，而是结合了光和作用及环境的因素，成为不是纯白意义上的白。而版画表现冰雪，则是刻刀下留出的纯白，这块空间本身就能直接唤起人们对雪的感觉，朴素、夸张，既有视觉上的夺目，又有情感上的冷逸，常常赋予画面一种空灵澄澹的韵味。科瓦连科的《冬天的森林与河流》是一幅铜版画，其线条的细腻可以媲美钢笔画和素描，使它有了分解色彩层次的本钱，也因此有了透视感。画面的天空是灰色的，这是对黑色的降解，在这方面木刻难以达到，从而加强了大气云雾的空间层次，也使这里的白色成为了雪的唯一表达。作品很好把握住了颜色与构成规律之间的密切关系，远景幽林如黛，近景雪地也被河道分割，在布局上有一种黑白相间的节奏感，让人联想到扎雷金小说《雪橇路》中的描写："坐着雪橇穿行在这森林、小河之间，甚至似乎还在穿行这里的天空。"而深色的水面和树干的倒影，喻示着此刻河已解冻，春的气息已露端倪，画面中蕴含了一种晚冬默默无语的纯净和大自然潜藏的生机，于简单中孕育出黑白世界的万千气象。

　　冰雪在俄罗斯是一个永恒主题，与此相关的绘画作品实在很多，即便是版画，这里也只是介绍了上述三位，他们就像划过旷野的三套马车，用黑与白的印迹，刻画出了不同风格的雪的世界，在冰雪版画中具有一定的代表性。对于俄罗斯人来说，无雪的冬天是不可想象的，几乎俄罗斯民族历经的所有苦难与欢乐，和因此培育出来的刚毅性格，都可以通过冰雪的环节表现出来，所以作家契诃夫才说："冰雪是俄罗斯的血液。"版画在表现这一主题时，是以一种完全独立的艺术方式存在着，由黑与白构成的画面旋律和刀笔的肆意纵横，使每一件作品更具有视觉的冲击力，成为环境与事物、思想与手段之间充满诗意的表达，而这同样也是民族意志的表达。

风雅钩沉
——《乱世薰风——民国书法风度》读后

将民国三十八年的历史称之为"乱世",可谓恰如其分。这一时期内忧外患不断,社会动荡不安,经济萧条萎靡,不可谓不乱。然而,所谓乱世又分为形乱和神乱,民国之乱乱于形,而中华文化深厚的积淀与风骨依然坚守而延续着,并未因"五四"新文化运动的冲击,而轰然倒塌。儒学道统在许多现代文人雅士中尊崇依旧,即便是革故鼎新之士,也无法将自身血液中传统的积淀,革除殆尽。虽劲风不再有,但薰风依旧吹着,因此我们今天提起民国,抛开政治因素不谈,仍可以感受到一种曾被人为黯淡了的书香风范,在时时撩动着我们的心底，以至感到温暖而又润泽无比。

书法作为一种文化形态，在民国时期深深根植于文化人的素养之中，每每下笔，亦抒胸中之气。诗言志，书亦言志，志附丽于书，便神形兼备，使书法具有了内在的生命力量。《乱世薰风——民国书法风度》（赵润田著）一书，即将民国各界的风云人物，放在书法艺术的平台上加以评说，不论其人生信仰和政治立场如何，可以感到由书法而承载的传统文化的血液在他们身上流淌着，成为人格、性情和素养的当然注解。

民国时期，专业的书法家毕竟是少数，但能写得一手好字的人却大有人在。《乱世薰风》涉及的人物众多，除了必然被提及的专业书画家外，还有政治家、军人、学者、文学家、教育家、前朝遗老，甚至是汉奸政客，在这里，作者的视野是开阔和包容的。除书写的内容外，纯粹的书法只表风格和书艺的状态，体现的是一种文化情怀，并不负载特定的道德立场和政治观点。我们也可以将这一立场，视为近代人文意义上的、对自由意识热爱与追求的一种理解与宽容，进而更加凸显书法主题的纯粹性。因此，就吴昌硕而言，除了其承前启后的历史作用，我们看到的是"满纸村气"的世俗之美；谈到郑孝胥，抛开首鼠两端的汉奸身份，书法艺术则为"左舒右展、长袖善舞之态"，尽显郑派书法的激宕之气；而提及沈尹默时，其高扬的"二王儒雅典丽的书风"和雅俗共赏的阴柔之美跃然纸上……于书法艺术来说，民国依然色彩纷呈而又不失规矩，传承与流变相互交织，推演出民国书法风度的绚丽长卷。

以前文人大多从小学习书法，并非刻意为之，而是作为知识启蒙和学养进步的必备手段，当然也是"学而优则仕"这一传统士大夫情结，在学人内心深处的惯性式延续。在其人生成长过程中，随多种因素的影响，渐渐培养出自己书写的风格特征，这种特征一旦形成，便与他的性情抱负、审美情趣紧密相关，难以分割。从美学的角度来看，则构成彻头彻尾的"这一个"，品格鲜明，他人难以效仿。如书中谈及梁启超的书法："可以说，各种书体他都深研过，并且化入他的行、楷之中，所以，我们又常常能在那些作品的点画之中看到篆隶的韵味，而且是自然流出，并非刻意为之，这是融会贯通后的气派。"的确，现代文人很少泥古不化，也很少刻意进行书法创作，而是在日常的社会生活中率性流露出关于书法的素养，而唯有这率性，才体现真性情、真状态，是书写者人生阅历、美学积淀、思想情怀、性情学识在笔端的浓缩和凝聚，因而使书法有了自身的附体之魂。这方面鲁迅是一个很好的例证："鲁迅书法大多是日记、书稿、书信和少量条幅的形式而存在，行书为最多，他的字常常是率性而为，不为专门展示给别人看，他没有把自己那些字当作书法作品去刻意经营。然而唯其如此，他的字是其性情的自然流露，达到极高的艺术境界。"可见，字是否有灵气、显性情，品格高下是关键，形状在这里并不显重要。正如梁漱溟给友人信中所说："书法朴拙非病，俗则要不得。"这一点今人实在欠缺太多。

关于书法与性情的相互关系，作者还有趣地拿蒋介石与毛泽东进行了比较，认为"蒋介石的字是可学的，毛泽东的字是不可学的……如果说，书法与一个人的心理状态、思维性格、心志情趣有着密切的关系，那么，追摹毛泽东几乎是不可能的。蒋介石和毛泽东都是稔熟历史的人，但毛泽东对历史否定的多，蒋介石对历史肯定的多。此种心态影响到笔下，便形成蒋氏那般对传统书艺萧规曹随，谨严有余而突破不足的格调。"此也应算是一家之言，亦符合书稿创作的逻辑和主旨理念。

以上情况，在民国时期是非常普遍的。作为言情达志的手段，书法成为了品行人性和文化修养的载体，肩负着厚重的人格力量。当然作为书画家，他们的书写更具专业性，虽多了对艺术的方向性追求和选择，其精神本质与文人并无二致，也是其艺术气质和人生志向的集中体现和外延。溥心畬先生在现代画坛有着特殊的地位，他的书法作品与画作相辅相成，均"沾染着仙气"，"他和张大千的画都有世外仙风，但张是妖气缠绕，而溥是高士风度。溥心畬书法与梁启超有相近之处，只不过，梁字有北碑风味，而溥字纯然帖学……同时，他又比同是帖学大家的沈尹默脱俗绝尘，他守住清奇而绝无妩媚，这恐怕与他的人格学养不无关系。"又比如岭南派绘画巨擘高剑父，早年投身辛亥革命，一生书法作品并不多，常见的是画作中的题款。曾先后学习郑板桥、康有为，最后却自创出一个写法，风格雄浑饱满，狂放肆意，他认为"艺术之所以成为人生的一部分，并不为它能点缀客厅卧室，而是因为它是有着一种潜藏的民族精神"。在这里，他将书法的内涵，提升到了一个全新的高度，因此他的书法中"气韵是写出来的，是从笔端出来的；都是作者心灵特异之表现，不可强而致之……气韵必在天分上、人格上、学养上得到"。高剑父是一位书画大师，同时也是辛亥革命的先驱，曾为同盟会广东分会会长，"孙中山、宋教仁、廖仲恺、黄兴的亲密战友，陈炯明最初参加革命的引路人，爆炸大王"，是暗杀清政府官僚的指挥者。这一背景后人知之甚少。因此，书法中若论慷慨悲歌之气节，非高剑父书风莫属。

《乱世薰风》从书法的角度品人品艺，对民国的书法现象进行了评说、罗列和梳理，但也并不限于书法之纯粹，而是理所当然地将人物放在大历史背景下显影。由于涉及诸多重量级人物，其背景叙述，既是解读人物复杂性格的另类密码，又构成中国近、现代史的一个别样注脚。上面提到的高剑父就是一例。唯乱世才显人物本色，从中尚可品出更多所谓正史之外的特殊意味来，从而使原本枯燥的史学，因色彩的增加而变得丰满而亲切。同时，这种背景铺垫，又为人们更加深刻地理解人物及其作品，提供了切实而丰富的资料依据。其中叱咤风云的孙中山、陈独秀、康有为等自不必说，"醇儒本色自从容"的潘龄皋，"举烛识殷筮，乱世继绝学"的罗振玉，最后一个状元——刘春霖等，无不用世人不多知的履历和视角，为中国的近、现代史增添羽翼，附加色彩，同时也使民国时期的书法格局更加全面、完备。正是因为这一时期文化传统的底蕴犹在，成为"乱世"中的固本之气，加之书法人自身的阅历和学养，以及那一时代尚存的超越世俗的精神需求，使民国时期的书法如红杏出墙，虽"暗香浮动月黄昏"，但风雅之气依然顽强地弥漫着，"非其时，非其人，何由出之"。

现代社会之于民国，不仅是政权的更迭，也是一种文化的割裂（不是转型），文化形态随着意识形态的转化，进入了一个不同的价值体系。经过体制土壤——而非精神土壤——的培育，形而上的文化情怀被一步步遏制，而形而下的务实智慧渐渐滋长，使书法成熟为另一种状态，其结果如何，看看今天的书法界，就不言而喻了。今天众多的"专业书法家"，动辄唐诗、宋词入字，为书而书，虽满纸词意瑰丽，却也盖不住书写者内涵的乏力和修养的贫瘠，这是一种人品的黯淡与欠缺，也是世态形聚神散的必然写照。有形无神，成了今天书法创作的软肋，使当代书法与现代书法，形成了一种难以衔接的鲜明对照，从而使人文精神的重建，在今天变得格外迫切和重要。薰风既已不再，暖风何时再吹？我们寄希望于一种新的嬗变和突破。

君知否，千里犹回首
——《比较北京》序

自从摄影技术传入中国，北京就被记录着。从约百年前的影像资料来看，这座末代古都总是带着历史的印痕，沿着数百年风云变幻的皇朝之路，风尘仆仆地向我们走来。其面貌与今天的北京相比，已然是天壤之别了。不必太多的推衍和畅想，封建帝国超稳定的社会结构，连带影响到了城市景观，造就了北京恒久少变的建设格局，几百年来大体如此，这恰是老照片信息及参照价值的所在。近三十年的北京，正如一只从沉睡中苏醒，且迅疾上路的雄狮，步履间已然是天翻地覆的变化，真可谓日新月异，换了人间。这种骤变，将原本在封建王朝基础上建立的老北京城快速地推向了历史的范畴，因此，解读老北京也就有了旧物训诂的意思。

这些年，在北京城市建设高速发展的同时，不少有关旧京景观的老图片也相继被挖掘面世，使人们更多地看到了北京的历史沿革和风貌变迁，这已不为新奇。然而不论是旧照还是新景，孤立地去看，要么沉溺于历史，要么感慨于现实，总有一些割裂感。而只有将两者加以碰撞，其产生的视觉震撼，才不禁令人感慨万千。回望中，似乎体会出了某种历史烟云的味道。

这部《比较北京》是在《皇朝末代京都图录》的影像资料基础上重新整合、编纂而成，其思路是论证灵感的产物，意在将历史的北京与现实的北京对应比较，有机结合，用城市格局及景观的新旧落差，营造回味和穿越的空间，以此来体现社会历史的变迁，提升此类图书的阅读新意。这个目的能否达到，要看读者的反馈了。不过我们对此倒有一些信心，甚至想将这种思路打造成一种品牌，陆续地编纂下去。

寻找旧照片在现今北京的对应视角，有的容易，有的较难，容易的是一些景观历经百余年，基本上没有什么变化，如皇宫、寺庙、园林、陵寝等，这些前朝遗风执着而必然的存留，是中华文明物质和精神的化石，不仅今天，今后还将被完好地呵护和保留下去；较难的是一些地方已是面目全非，如市井、街巷、城垣、城门等，这是近来社会发展、城市更新所付出的不菲代价，需要加以判断、比较，才能尽可能准确地同地点、同角度拍摄，而有关人物的服饰、出行及民俗等非物质文化方面，我们则采用摄取今天北京人的基本生活常态加以对应，为此，编辑人员付出了很大努力。

这些年出版的有关老北京文化的书籍不胜枚举，其相通或相近的编辑宗旨屡见不鲜。今天北京城市的迅猛发展和扩张，迅速拉开了与传统北京的距离，也使社会生活发生了重大变化，从而刺激起了人们深深的怀旧心理，老北京因此有了欣赏的价值，这种欣赏不仅是景物上的，更多的是心情上的，对于年纪较大的北京人来说，甚至自己的过去，也成为了欣赏的对象，其中的复杂滋味自是难以言说，这是《比较北京》预期被人青睐的心理阅读基础，使此类图书的出版具有了较为宽广的空间和长久不衰的潜力。

词曰："君知否，千里犹回首。"这本书的出版如能给你的阅读增加一些快意和新鲜，在回味中感叹一下沧桑之变，体会一下过往之美，目的也就达到了。

对一座城市文明的解读

编纂"品味北京丛书",最早是受《北京地名典》的启示。《北京地名典》出版后,销售量一直稳步提升,居我社此类图书销量的前列,受到了多方的关注。这向我们传达了一个信息,即北京在日益迈向国际化的过程中,它的文化魅力已越来越受到人们的重视和青睐。

这大概基于两种原因:一是在北京城市建设快速发展的今天,老北京的城市格局正在迅速瓦解,传统的区域特征正在被新型的城市面貌所取代。人们出于对一座文化故都的留恋和爱戴,以及市民中普遍存在的怀旧心理,对反映老北京的书籍越来越偏爱。二是自北京申奥成功以来,它已成为全中国、全世界特别关注的城市,更多地了解北京已成为全球范围的取向和共识。因此，不同视角、不同层面地认识北京，解读北京，就形成了稳定的受众需求，成为图书出版可着力开发的领域。

在每一个转型迅猛的历史时期，资料和文献的梳理、整合，都是一项修功德的事情。因此，在北京传统文化上做文章，有着特定的历史机遇和出版前景。但这一类图书的策划，应注意两方面的问题，首先是图书的形式要与时俱进，在选题优化的同时，强调版面灵活和印刷精致的理念，以适应"读图时代"的阅读特点。据此，"品味北京丛书"的几种选题，都突出了图文并茂的特性，既有易于读者轻松接受的形式，又具有丰富的知识点和文化含量，真正做到眼有所养，思有所得，雅俗共赏。其次是尽量避免选题雷同和近似，如果不能以自身特有的角度来体现选题价值，就会在阅读兴趣和市场占有上处于劣势。因此，必须确定选题与众不同的优势，才可获得理想的出版效果。"品味北京丛书"正是在这些方面作了较充分的考量。

门楼是北京的名片，胡同是城市的血脉，纵横经纬，诠释着古都的风采。《胡同与门楼》（王彬、徐秀珊著）一书虽然以图集的形式面世，但民间的视角和专业的解读相得益彰，使每条被提及的胡同都有奇谲的背景故事和文化内涵，每座被介绍的门楼都有精到的结构分析和鉴赏性论述，如带领读者流连于已拆和未拆的胡同之间，用审美和建筑学的眼光，去审视我们原本司空见惯的日常景象。在对胡同和门楼充分表达了美的信息之外，有些文字还对管理部门的一些习惯做法，提出了委婉的批评，以维护胡同本该有的尊严。比如这一段："重大节日之前，往往要粉刷胡同，对胡同两侧的建筑物涂上统一的颜色，银灰色似乎很受青睐，而且要抹上玄色的墙裙。礼士胡同63号的如意门，便是典型的一例，砖的本色反而不彰，仿佛画上去的门楼，给人一种虚假的感觉。"这种看法或许应该引起有关部门的重视。

《文人笔下的旧京风情》（于润琦编著）选题构思巧妙，以文摘配合老照片的形式，集中向人们输送了文学名家如老舍、沈从文、张恨水、冰心、林语堂、周作人等在其作品中对老北京市井风貌、民俗人情的描述，突出了作家们的主观感受和个性视角，于一鳞半爪间串联出一幅老北京的"清明上河图"，老文章焕发出新的活力，具有文学和民俗的双重享受，是丛书中最具文学性的。如老舍描绘老北京的手工艺品兔儿爷："兔儿爷虽也系泥人，但售出的时间只在八月节前的半个月左右，与月饼同为迎时当令的东西，故不妨做得精细一些。况且小女儿们每愿给兔儿爷上供，置之桌上，不像对待别种泥娃娃那么随便，于是也就略为减少碰碎的危险。这样，兔儿爷便获得较优越的地位，而能每年一度很漂亮的出现于街头。中秋又到了，北平等处的兔儿爷怎样呢？我可以想象到：那些粉脸彩衣，插旗打伞的泥人们一定还是一行行的摆在街头，为暴敌粉饰升平啊！"

在描写的细腻之中，特定历史背景下作家的心情显而易见。此外，诸如青楼茶馆、酒店书肆，五行八作尽在书中，犹如一部旧京风情的百科全书。

《北京的前世今生》（洪烛、邱华栋著）则是一部强调北京新旧对比的书，不仅是回望，还有希冀，是这套丛书中最具原创性的作品。作者以散文随笔的形式，纵横评说新老北京的人文地理特征，历史感和时代感融为一体，谈古说今，挥洒自如，将北京的文化底蕴和发展潜质充分挖掘出来。两位作者都不是北京人，其北漂者的目光既冷静客观又满含感情，有的"旁观者清"，文字中常常带有入木三分的传神，为北京的精神气质增添了新的元素。现录一段为鉴："京剧虽然逐渐衰微了，但它确实曾经深深影响过北京人的生活。看戏，是老北京人酷爱领略的一种精神辉煌。举个小例子：杨小楼演《艳阳楼》里的高登，念了一句台词叫'闪开了（liǎo）'，这可不得了，第二天就惹得北京城里满大街拉车的，边跑边不停地喊'闪开了'，呼请行人让道，甚至饭馆跑堂的在坐满食客的餐桌间穿梭，也模仿小楼的腔调叫嚷着'闪开了'。可见京剧的深入民心。不管怎么说，京剧捧出了早期的明星——他们在我眼中，要比当代的影星呀歌星呀更有人格魅力。"可以看出，这里的老北京不是用来怀念的，而是用来憧憬和抒发的。北京人有演绎戏词用于生活谈笑的癖好，其因果传承可见一斑。

表现北京传统文化的图书有着大众阅读心理的有利基础，有着客观出版环境的市场依托，北京作为千年故都还有足够多的文化资源，它的魅力远未被开发出来，现在需要的是出版家的眼光和魄力，能在这一片丰饶的领域开垦出一片全新的处女地，以飨读者。生活无法复制，但心情可以在回首中得到愉悦，这一切取决于客观的时间沉淀和主观的心灵提升，用出版存留北京文化，实际就是存留住人们内心的一份美好心情，以抚慰他们那挥之不去的美丽乡愁。在这方面，出版是可以做更多事情的。

后　记

收到这部书的校样，翻看时竟有了一种异样的感觉。做编辑近四十年，过目的书稿无数，还是第一次面对自己的校样。说来有些惭愧，生命中浪费的时光还是多了些。但想到最终还是抓住了时间的尾巴，有了一份自己的收获，心里还是欣慰的。

这部书稿收入的文章大多是近几年写的，以散文、随笔、笔记为主。为使书的体例一致、风格明确，一些不太相关的篇目被放弃了，因而书的内容还算饱满。这和做人做事一样，取舍之间，最重要的是学会放弃，有放弃，才有所得。这本书就是一个例子。

另外，看图书校样的感觉，与看报刊、公号文字时不太一样，纸面上被版式框定的黑白字体，像是对所有文体形式的重新认识和评判，露出了文章品相的本来面目，就像一幅画被装裱后的效果。好自不必说，不太好之处也不想太作修改，毕竟这是我实实在在的写作轨迹，坦诚一些最好。也许成书之后再看，又有新的感受也是说不定的。

感谢出版社的厚爱，亦感谢为此书的出版付出辛苦的人，我会记住你们。

2022 年 8 月 14 日